当代名家散文精选
阮直/主编

春秋喃语

赵青云 著

中国书籍出版社
China Book Press

图书在版编目（CIP）数据

春秋喃语／赵青云著. -- 北京：中国书籍出版社，
2024.4
（当代名家散文精选／阮直主编）
ISBN 978-7-5068-9832-4

Ⅰ.①春… Ⅱ.①赵… Ⅲ.①散文集-中国-当代
Ⅳ.①I267

中国国家版本馆 CIP 数据核字（2024）第 072248 号

春秋喃语

赵青云 著

图书策划	许甜甜　成晓春
责任编辑	李　新
装帧设计	书香力扬
责任印制	孙马飞　马　芝
出版发行	中国书籍出版社
地　　址	北京市丰台区三路居路 97 号（邮编：100073）
电　　话	（010）52257143（总编室）　　（010）52257140（发行部）
电子邮箱	eo@chinabp.com.cn
经　　销	全国新华书店
印　　刷	四川科德彩色数码科技有限公司
开　　本	880 毫米×1230 毫米　1/32
字　　数	160 千字
印　　张	7.625
版　　次	2024 年 4 月第 1 版
印　　次	2024 年 4 月第 1 次印刷
书　　号	ISBN 978-7-5068-9832-4
总 定 价	218.00 元（全 4 册）

版权所有　翻印必究

换一首曲子唱还是精彩

阮 直

这里，我向广大读者郑重推荐这部丛书的朱大路、王乾荣、洪巧俊、赵青云4位作家。他们都是在文坛耕耘多年的名家，写出吾土吾民吾精神的"国民作家"，今天他们是"换了一首曲子唱"的，但一样唱出精彩，唱出韵味，唱出品位。这些作家其实都是以杂文写作为主的名家，其中3位是职业编辑，而编辑的主要作品也是杂文、评论类作品，但他们的散文着实让我眼前一亮。

通过阅读本丛书的部分样册，我对这套丛书形成了如下印象：首先，杂文家写散文不算陌生，因为杂文、散文原本就是孪生兄弟。如今，他们将笔端轻移，用散文来表达世界，魔术一般地将关公耍了一辈子的大刀，变成赵子龙的长枪，几位老师舞起"新武器"依旧神采飞扬。因为，4位"大侠"平时"暗里"也都操练过"十八般武器"的若干种，今天细品他们的散文作品也别有一番滋味在心头。

我也主编过几部丛书，但是从没敢想到有机会为我的老师编一套高含金量的散文丛书来"反哺"他们，这是我的幸运与荣誉，也是此生最美好的"炫耀"。

朱大路先生是《文汇报》"笔会"副刊的资深编辑，他对中国杂文的贡献，不仅仅享有杂文家的美称，更重要的贡献在于他是资深编辑，在这个平台上他发现、挖掘出很多优秀作者，使他们成为当代著名的杂文家。另外，一些久负盛名的杂文家，比如何满子、冯英子、舒展、严秀、牧惠、章明、黄一龙、朱铁志等等，也都是"笔会"朱大路先生的常客。我当年写杂文是用钢笔写在稿纸上邮寄给《文汇报》"笔会"编辑部的，正是朱大路先生的首肯，才与朱大路先生有了"勾连"。朱大路先生不仅写杂文，也出版过散文集、长篇小说，是杂文作家中跨界最广，"换曲子"甚至换"唱法"的高人。

王乾荣先生是我仰慕已久的杂文家，他也是每年辽宁人社版杂文年度选的责任编辑。其中2006年的年选，王乾荣下足了功夫，他对当年选本的135位作者的156篇作品一一进行要言不烦的点评，写下了3万多字序言；2012年的序，他又将所选130多篇杂文逐一点评，计1万多字——这在大陆各类体裁的"年度选"版本中创下"空前绝后"的奇迹。

作为职业编辑，王乾荣先生主编的《法制日报·特刊》几乎汇聚了当时最著名杂文家的作品。《法制日报》（2022年更名为《法治日报》）在国家级的大报层面，其评论、杂文都以思想深邃、观点尖锐、文采飞扬而著称，这完全得益于王乾荣先生本身就是一位优秀的杂文家、一个功夫深厚的语言学专家，他在新闻出版界极富盛名。他早已经国家新闻出版署评为高级编辑，对于百度对他早年加入中国作协时介绍的主任编辑职称词条，却毫不在乎，怕麻烦也不去改。

洪巧俊先生虽然是一家地方报社的民生时评部主任，但是名气大得早早出圈。由于他在农村生活了近30年（高考落榜回乡种了8年田），后到县委机关与地方报社工作也常跑乡村调研，对农民和农村问题有自己独到的见解和体会，在民间影响深远。当时，他也是中国"三农"问题和取消"农业税"最早的提出者之一，远远早于那些专家，也算是"三农"领域里的一条"鲶鱼"效应的制造者，为中国"三农"问题专家、学者提出了另一个角度的思维，来考量"三农问题"。他是全国发表"三农"评论与杂文最多的人。

记得在博客走红的那些年，洪巧俊先生是超亿量点击率的博主。他的"博文"几乎是100%地被新浪、搜狐、凤凰（当时）等各大网站纷纷转载。洪巧俊先生有时一篇文章引起的争论波长竟能持续几个月都无法被覆盖。

认识赵青云先生实属有些偶然，当时是《人民日报》社驻浙江记者站原站长赵相如先生介绍的。那年中秋节假期，他们邀请我去参加赵青云作品研讨会，并通过我请了朱铁志先生。赵青云是地方上的厅级领导，是复旦大学哲学博士，复旦大学国际关系与公共事务学院特聘研究员与客座教授，典型的学者型的作家；他还是中国作协、中国书协的"双料"国字号会员。他出过多部作品集，其中一部《廉镜漫笔》影响深远，是为自己的每一篇杂文配上一幅廉政漫画，获评第四届全国党员教育培训教材展示交流活动优秀教材，很多地区的纪检委都把这部书列为党员干部教育的一份必学书目，还走出国门被翻译成外文版，成为"中国廉政文化走出去第一书"，宣传了中国制度和中华文化的优越性，影响极大。

老骥伏枥，志在千里。4位作家在"杂文式微"的当下，换一首曲子唱依旧精彩，这正是他们生命嘹亮、创作旺盛的一种见证吧。恰如清代评论家沈德潜所言："有第一等襟抱，第一等学识，斯有第一等真诗。"作为我的良师益友，能为此做出一点奉献，让我此生欣慰而倍感鼓舞！

值此丛书即将出版之际，我不揣文陋笔拙，撰此短文，聊以为序。

自 序

我一直认为,思考与学习,是人生一种积极的生活状态,不仅能营造出自我的思想空间,而且还可以在飘飞的思絮里获取诸多人生感悟。将这些感悟累积起来,并记录下来,就有可能集结成册。我想,这本《春秋喃语》应该就是这样在不知不觉中累积成的。

学习无疑就是一种享受。所以我始终保持着学习的热情,不放过任何学习的机会,静读也好,与智者交谈也罢,其实都是一个悟学、悟事、悟道的过程,而"悟"就是吾心所思,吾心所得,吾心所享。在网络高度发达的今天,人们已喜欢也习惯于快餐文化,需要什么就上网查询,把学习交给了电脑,也把思想交给了电脑。我却似乎有些跟不上"形势",仍一直保持着传统的学习方式,闲时会去书店看看,挑几本自己钟意的新书。读报也是省不了的,一篇好的文章,总能引起你的兴趣,带着你一起思考。甚至,在与书刊内容的交流或者说思想碰撞下,我有时还会形成新的认知,当然也会形成一篇读书随笔。

国人讲究立功立德立言,将自己的所学所思付诸于文字,就成了我生活的一部分。我在自主的时间里寄情于文字，享受并徜徉在思潮的波涛之间，实在是一种欢乐。每一次创作，我都会把它当成一次筑梦、追梦、圆梦的过程。有梦的时候，我们都是勇敢的、坚强的。只有执着，才不会让梦想变成幻想，不会让幻想变成妄想。创作也教会了我执着，每一个不眠之夜、每一次推倒重来，甚至某个时刻的灵感枯竭，都是一次难得的自我修炼。这样的修炼，会让人自信，也更坚强。在我的内心深处，始终谨记王守仁在《传习录》中所言："名与实对，务实之心重一分，则务名之心轻一分。"

　　在本书付梓之际，我要感谢我的众多好友，他们曾无私而耐心地给予我指点和帮助，使我的作品更上一层楼并最终结集出版。我还要感谢家人，倘若没有家人的理解和支持，再成功的事业也会平添一种遗憾。

　　是为序。

赵青云

目录
CONTENTS

第一辑　春秋喃语

别再仿了	002
大师的高帽子	004
道德亦需多保健	006
话　笑	008
话语的力量	010
寂寞是内心的一道风景	012
健美与内秀	014
买书之后	016
门　类	018
男儿腹内五车书	020
谦卑者赞	022
人品与文品	024
人情酒味	026

识　人	028
适度为妙	030
书法与花园	032
书房之夜	035
书之法	037
为某些雕塑叹息	039
心　花	041
眼　光	043
一个"狂"字	045
艺术之源	047
亦说文采	049
语言的"空城计"	051
月夜飞絮	053
珍　惜	055
真　我	057
相　声	059

第二辑　且走且行

"我"的轻重	062
变通也是能力	064
钓鱼者说	066
法　度	068
放弃也是一门艺术	070

目 录

嚼舌头的危害	072
静的内涵	074
静可取胜	076
看　客	078
宽　容	081
浪子必有回头路	083
朋　友	085
热情有度	087
人生二度梅	089
人生亦有三里路	091
三昧真火	093
身边的"叶公"	095
身后评	097
生病识人生	099
谈某种感觉	101
铜牌的价值	103
透支即是病	106
潇洒走一回	108
虚　头	110
兄弟，你卧什么底	113
修炼平常心	116
银色光辉	118
人　生	120

第三辑　人与自然

菜缸上的石头　　　　　　　124

茶　思　　　　　　　　　　126

天价的背后　　　　　　　　128

淡　水　　　　　　　　　　131

第一水　　　　　　　　　　133

动　物　　　　　　　　　　135

谎　花　　　　　　　　　　137

九寨沟的初夏　　　　　　　139

倔强的春柳　　　　　　　　141

可爱的绿草　　　　　　　　143

老　等　　　　　　　　　　145

聆听自然之鸣　　　　　　　147

鲮鱼和鲦鱼　　　　　　　　149

清浊自然分　　　　　　　　151

请把鸟笼子打开　　　　　　153

秋树的启示　　　　　　　　155

人　参　　　　　　　　　　157

沙　子　　　　　　　　　　159

事物多两面　　　　　　　　161

试金石　　　　　　　　　　163

水　仙　　　　　　　　　　165

听　虫　　　　　　　　　　167

目 录

听　景　　　　　　　　　　　　169
蟋蟀斗场　　　　　　　　　　　171
小黄鱼　　　　　　　　　　　　173
新茶的韵味　　　　　　　　　　175
银杏与白菜　　　　　　　　　　177

第四辑　谈古论今

"模棱手"苏味道　　　　　　　180
别样的巾帼丈夫　　　　　　　　182
伯乐的私心　　　　　　　　　　184
陈蕃的扫帚　　　　　　　　　　186
丑角非丑　　　　　　　　　　　188
大人物的雅量　　　　　　　　　190
钓台触景　　　　　　　　　　　192
东坡的肚皮　　　　　　　　　　194
羹里羹外　　　　　　　　　　　196
槐树的启迪　　　　　　　　　　198
豁达者赞　　　　　　　　　　　200
井内井外　　　　　　　　　　　202
镜子里的你我　　　　　　　　　204
刘羽冲纸上谈兵　　　　　　　　206
请别丢了"们"　　　　　　　　208
说话的艺术　　　　　　　　　　211

小人物的"能量"	213
温州的雪	215
年　味	217
也说美人	219
有容乃大	221
长处和相处	223

后　记　　　　　　　　　　　　　225

第一辑　春秋喃语

别再仿了

我喜欢戏曲。有一回观看越剧节目，但见几位熟悉的青年演员在台上表演名家的经典唱腔，模仿的对象或徐玉兰、王文娟，或戚雅仙、袁雪芬，总之是演谁像谁，让人拍案叫绝，台下更是掌声不断。

但我心里总觉得有些不是滋味。我想，倘若这是纯粹的模仿秀，倒也罢了，让人觉得有趣而开心。问题在于他们是青年戏剧演员，肩负着中华戏曲的传承和弘扬的担子，干吗要沉醉在那一种"酷似"的表层下，去盲目追求低俗的娱乐效果呢？

的确，能够学得这么像是不简单的。可要是后生演员总是学老一辈的唱腔，就不一定能青出于蓝而胜于蓝，不仅没有创造性，还往往有陈旧感。再者，名家也非十全十美，也难免存在一些不足处，你要是把不足之处也当作优点和特长来学，那还真把泻药当补品了。

著名越剧演员戚雅仙，曾对一位浙江的"小百花"演员说过这样的话：你要学我的优点，不要学我的缺点。我唱得有点沙音，那是因为我年纪大、身体虚弱，这些你千万不要学。话说得很恳切，很有长者之风。即使在一般的越剧爱好者中，学习戚雅仙的沙音也不乏其人，师承者最好天天感冒，以学得这一沙音。

世界上有些事情不能太完美、太全面，如果面面俱到，反而"完则完矣"。学人需学长，切不可崇拜名人而亦步亦趋，把名人的骂人也当作是优美的歌声，把不好的习惯也捧若至宝。一代绘画大师齐白石老人，说得更是干脆——"似我者死"。先生的话，想想也不是"名"言耸听。

学西施之美，学了病态，那叫东施效颦。亦步亦趋的做法、人云亦云的习惯，实在只会误人子弟。春秋战国时的宋玉曾写过一篇《神女赋》，他的文章中有王与玉这一点之差，但几百年来的师承者都不敢非议，照样以讹传讹，谬种流传，直到宋代才被人拨乱反正。"蝗虫不食苗"，也是一条见之正史的记载，这么明显的错误，多少年来也没人敢指出，那岂不是要人命么？任何学艺的造就，要在多问几个"为什么"而造就，不善于扬长避短，不善于创造创新，而总是"老师说好我说佳"，总是要多吃亏，多走弯路的。如此而论，在文艺园地中，在各类技艺上，像戚雅仙老师那样，能够坦然以对，坦诚相告，自陈缺点，引人走入正路，是十分可贵的。而许多在各自艺术学业上搏击的后生小辈，更应立志"雏凤清于老凤声""新竹高于老竹枝"，走出一条博采众长、自成一家的路来。只成翻版一块、复印机一台、传声筒一个，那就糟糕了。

大师的高帽子

时下,有这么一首顺口溜:"有钱没名是大款,有名无钱是大爷,有钱有名是大拿。"对照现实,大师之类的头衔不再令人敬畏之现象,我倒觉得还可以再转借一下,即"有名无实称大师"。

君不见,如今"大师"多如牛毛。你只需略微留意一下,即可发现那些插几根葱装大象、整形变几回容称"大师"、叫"大家"的人还真不少。什么"经营大师""销售大师""策划大师""艺术大师";还有号称是"实业家""谋略家""慈善家""金融家"的也不相伯仲,大有古时"满天司空,遍地太保"之虞。这帽子有的是"帽子公司"专业经销;交一点钱,评一个奖,就可拥有一个头衔,如此便让一些初中还没毕业的"社会大学"里的劣等生,凭借着"大师"桂冠而威风凛凛,风光无限。还有的帽子则是自己的小作坊制作的,各种型号都有,随时可以定制,反正只要脸皮厚、想出名、想发大财,都可随心所欲泡制。

"大师"是指那些有卓越建树、突出成就者。当然,这不是靠自我标榜,而是靠社会承认、大众买账的。但如今,你给那些泛滥成灾的"大师""大家"们排排队、打打分，可能有很多人是打肿脸孔充胖子，男扮女装做戏子的。有些个头衔，好像是忽地从经典中溜了出来，钻到了江湖骗子们散发的名片上。其实莫说你是六耳猕猴，却要装成孙大圣，即使真在某一方面取得了成绩，获得了成就，搞出了成果，也得悠着点儿为上，低调一些为好，兢兢业业为要。岂不闻"天不言自高，地不言自厚，越是沉甸的谷子，越是低下头"之训。即使你真有成就，小有作为，被人捧为"大师"，也要头脑清醒，千万要想想这是不是人家在嘲讽。

人是要有一点自知之明的，也是要有所敬畏的。神圣也往往就在敬畏之中产生。对"大师""大家"之类称号，还是崇尚、敬畏一点的好。必要的禁忌，才可维持这种敬畏的合理存在。否则，人的骨头太轻了，会让人难以承受，让人站不起，走不远，更难迅跑。而对那些专门变着花样生产"帽子"的单位和部门，我们也应该清风清源，采取措施，使之彻底破产倒台。这也告诫我们，在对一些产品打假的同时，也得注重对这些桂冠的打假，这是十分重要也很必要的。

道德亦需多保健

当今社会,人们对身体的保养,十分重视。山里的清泉、农家的土货,都沾了保健之光。每年都有许许多多的保健新品上市。燕子窝、鳖之精,无所不用;蚁之神,参之气,无所不买。当然,这已成为市场所需。不过,我想说的是,我们能不能也腾出点时间,来经营道德保健品呢?

哲学家康德有句名言:这世界,唯有两件东西能使我们的心灵受到震撼,一是我们头顶浩瀚灿烂的星空,一是我们心中崇高的道德法则。现如今,人们往返于威权和金钱的大树之间,却不断地在高喊并寻找着崇高与道德,那些古代人做人处世的法宝,在一些人心目中就像三月里的风筝被越放越高,最终断线,飘然难觅踪影。

据说有一位学者在课堂上发问:现代社会最缺什么呢?台下听众竟然异口同声的回答:缺德。这一呼唤,顿时让这位学者泪水涟涟。在北京的一些高等院校,特意为大学生们开设了以前小学生才学习的内容,比如"孔融让梨""司马光破缸救人""郭巨埋儿""卧冰求鲤"等等,所有这些诚如一些社会学家呼唤的那样,即现代人亟需道德保健。

　　社会在不断进步,生活条件也在不断变好,人的体质增强了,寿命也延长了,我们不再是积弱的国民。但是,我们精神上的风貌怎么样呢?这恐怕是要问一问的,也就是说我们做人之根本,包括恻隐之心、体谅之心、恭敬之心、是非之心是否退化僵化弱化了,如果在精神文明方面的"体魄下降"了,那么就得加以保健。不然的话,养不成浩然之气、凛然正气、开阔大气,就会泯灭人格,缺乏人品。少了人味,没了羞耻,良心就会随时随地在拍卖师的棒槌下廉价卖出,良心就会掩埋在高价位的房地产的地基之下。如此做人岂不成了行尸走肉,酒囊饭袋?

　　对于道德保健,前人有几个妙方,今人可善加。一曰"反省法"——吾日三省吾身。人要沐浴洗涤,心也要时不时地清洁一番,见贤则思齐,闻过则不惮改。二曰"慎独法"——虽然人所不见,品行始终如一。阴阳不同,表里难一,非是正人君子,实为龌龊小人。三曰"换位法"——己所不欲,勿施于人。于人方便,自己方便。帮人一把,热情有加,本是做人道理。做点好事善事,并非难于上青天,何乐而不为?四曰"养气法"——吾善养吾浩然之气。勿以善小而不为,勿以恶小而为之。正面地说,就是要有"贫贱不能移,富贵不能淫"的凛然正气,要有舍生取义、见义勇为的勃然英气。此气养成之日,你方能成为一个大写的人、一个脱离低级趣味而有益社会发展的人。

话　笑

笑，谁不会呢？但论笑的次数，一个人即使借助计算器恐怕也难以计算出自己一辈子笑过多少回。《中国大百科全书》在解释哭时只用了很短的文字，而在诠释笑时却用了较长的篇幅。

笑是人类最平常不过的事了。真诚的笑，是一种情感的外化，是文明的表达。良善的笑，常常给人留下美好的印象，甜蜜的回忆。数学家说，笑是一个甜甜的圆。医生说，笑是一剂神奇的药。园艺家说，笑是一束艳丽的花朵。音乐家说，笑是一首动人的乐曲。当然，这种被赞美的笑，显然不是唐代宰相李林甫的"口蜜腹剑"，不是红楼梦里王熙凤的"笑里藏刀"，不是狂笑、冷笑、嘲笑、耻笑、奸笑，不是谄媚的咪笑，更不是奸猾的狞笑，而是从内心自然流露的善意的笑，是一种君子坦荡荡的真诚的笑。

笑一笑，十年少，愁一愁，白了头。笑是一种无声的社会共同语言，能够以一种心领神会的传递超越国界，叩动心灵与心灵之间的交响。戴尔·卡耐基认为，笑是疲倦者的休息、沮丧者的欣慰、悲哀者的阳光、健身者的良药。这句话，准确而又精彩地道出了笑的价值。

笑，还是一种人际关系的润滑剂，有着"不著一字，尽得风流"之妙。有时候不便说的话，凭着浅浅的一笑，可以拨开乌云见太阳。你不小心冒犯了别人，歉然的一笑，往往可以化解怨恨和愤懑。工作中出了一点小小偏差，大家向你提示与指出，你报以不好意思和感谢状的笑容，大家也就心有灵犀一点通了。难怪乎鲁迅先生把笑提高到这么一个高度——相逢一笑泯恩仇。

在我们这个朋友来了有好酒的国度，人们自古以来就懂得用笑来开阔胸怀，启迪思维，增进了解，发展友谊。社会要和谐，家庭应和睦，生活求和美，说话须和气。那么，笑则是必不可少的。千百年来，我们的老祖宗留下了很多有关于笑的书籍。曹魏的《笑林》，隋唐的《笑言》，明朝的《笑赞》《笑林广记》，清朝的《笑的好》，等等，无不借幽默与讽刺来填补人们虚浮的生活，在你开心一笑的同时，懂得真诚和友善的可贵。

笑，是全人类共有的文明语言。应该说，我们这个爱笑的民族，在今天需要给笑注入新的内容和活力，让其在增进友谊、协调人际关系中焕发出更加夺目的熠熠光彩。我们何乐而不为呢？

话语的力量

在英国,有一个很励志的故事。一位名叫玛莉娅的女孩,她年少时,左脸上长出了一颗逐渐变大的黑痣。她的家庭本已贫寒,而这颗痣更像是在伤口上撒了一把盐。人们歧视的眼光不断袭来,让她陷入自卑的境地,甚至痛苦不堪。好在她对读书有着浓厚的兴趣,只有当她畅游在学海里,才能忘记烦恼,摆脱孤独,也抛却了四周那些冷冷的眼光。

一个偶然机会,改变了玛莉娅的命运。那是一句话,说话的是牛津大学的一位著名教授,有一天教授在公园草坪上发现了这位爱读书的女孩,她端正地坐在那里,沉醉在书本里的神情触动了教授。他热情洋溢地对四周的人说道:"简直不可思议,这位女孩神采飞扬,智慧一定超人,将来一定有出息,瞧,她脸上的那颗黑痣,就是她日后获得荣耀的标志。"

这句话传开后,小女孩的命运果真发生了不小的变化,先前那些歧视和冷漠的目光,也变成了羡慕的眼光。玛莉娅也更加勤奋和自信,终于获得了剑桥大学博士学位,成了英国著名的高等学府——爱丁堡大学最年轻的女教授,同时还担任伦敦市市长助理一职。

　　一句欣赏和鼓励的话，有时候会在不知不觉中，让他人的命运发生巨大改变，使绊脚石变成垫脚石。据说有一次莫泊桑偕友去打猎，在树林中看到一本小杂志，他对其中的一篇短篇小说产生了兴趣，事后他几经辗转，托人找到了作者的姑姑，带去了一句话：作者如肯继续努力，必将有很大前途。在莫泊桑的鼓励下，作者勤勉发奋，终于成了文学大师，他就是后来创造出巨作的伟大的列夫·托尔斯泰。

　　落日晚霞需要品味，霜花秋叶需要礼赞，人更需要相互欣赏。雄文也好，妙句也罢，都是一种赏识。几句话、一番情也是一种激励。在任何人都无法离开他人而单独存在的现实社会，人人都渴望得到鼓励，不少人在这种鼓励中建立自信，茁壮成长。鼓励，对于获取人生的力量、确立价值的标准、树立向上的自信、鼓起前进的勇气，具有不可小视的作用。人性中最深切的心理动机，有着被人赏识的渴望，这种鼓励有时看似就那么几句话，却因得体的言辞或肯定的口吻，激活了人生奋斗的热情。这是爱才之心、容才之量的表现，也是助人之难、解人之惑的体现。

　　一句话甚为平常，但有时候很有能量。而我们所说的"一句话"，须有激奋明理之意，给人以力量；有启迪促进之寓，给人以动力。因此，我们大可不必吝啬于对别人的赞美，可能你的一句话也能改变他人的命运呢！

寂寞是内心的一道风景

  人类是群居动物,都喜欢往热闹的地方挤。但在某些时候或境况下,人也难免要与寂寞为伴。我也一样,爱热闹,但对于寂寞,则有着一番独特的喜爱。正像我时常于夜深人静之际,铺开宣纸,研墨提笔,书写一首古诗一样,那一刻,显然是够寂寞的,因为要书写的也正是某种空灵。自然,我的思维又是热闹的,说不上"上下五千年,纵横几万里"与我相伴,但这是一种心灵的独语。这世上,能干扰你的,无非就是自己太在意是非曲直,所以凡身处红尘者,受到伤害的,往往就是自己。

  寂寞是肥沃的土壤,良种英才在这里出土成长。寂寞是璀璨的宝石,智慧之光在黑暗中闪烁。在寂寞的深山中有哲人的财富,在寂寞的海中能提炼思想的珍珠。泰戈尔的诗是寂寞的;八大山人的绘画是寂寞的;尼采的哲学是寂寞的;达尔文写《物种起源》,从伦敦躲到乡下是寂寞的;董仲舒三年不窥园,齐白石暮年谋求变法闭门谢客十载亦是寂寞的。历史告诉我:诸多大才、真才是在寂寞的苦思中遍历精神的炼狱,才给人类贻赠了不朽的华章。

在心灵的闲适上,有李太白对敬亭山、柳子厚独钓寒江雪的寂寞,而陆放翁咏叹的"寂寞开无主"和陶渊明的"采菊东篱下"也是一种精神上的超脱。让我们也喜欢一点寂寞,坦然地与寂寞为伴。这也并非是说要远离尘嚣或离群索居。

有句话说得挺在理的:曾经以为寂寞是整个世界只剩下你一个人,后来才知道,寂寞是你一人能成为一个世界。在我看来,寂寞正是深藏于内心的一种情结,是可以自我欣赏的一处风景、自我体会的一份韵味,属于夜深人静时的一番心语。这恰好就是一种超脱、一种与众不同的气度。汲汲于功名、碌碌于富贵的人,最怕寂寞,连做梦也难于寂寞,梦中也是计算和厮杀。只有爱上寂寞的人,在他的梦中才会有大海和远山,才会吹来带着梅香的春风。而我,就时常寂寞,也真的觉得寂寞原来也是一种享受呀,如陈年的加饭酒,是久泡的高山茶。人的心浓浓沉浸其中,如此美妙的寂寞,还怕生命的灵感不汩汩流淌么?

健美与内秀

　　健身是现代人喜爱的运动,有着不可抗拒的青春气息。但始于何时,许多人并不知晓。据知,在古希腊罗马时,健美之风就已经开始盛行了,著名雕塑《大卫》《掷铁饼者》等便可佐证。

　　美,表现在矫健而匀称的身体上,这便是人类最初形成的自我审美观念。然在中国这片土地上,健美之路并非平坦,因为漫长的封建社会的桎梏,特别是战国末期儒家思想产生之后,就有以裸露肌肤为耻的传统习惯。

　　如今的都市,健身运动方兴未艾,时不时也举办一些比赛或表演。尤其是女子,能穿着比基尼展现在人们面前。人们见多不怪,但对于健与美的理解,力与秀的展示,大多数人的一些观念还有所偏颇。例如,有些健美赛的表演很简单,只是木讷地做几个机械动作,那似笑非笑的表情像是江湖上打拳头卖膏药的,只会硬邦邦地拍胸脯,展身材,亮肌肉。美的展露,一旦失去平衡,过分的强化力的作用,就难免煞风景。

　　外表美果然是令人赏心悦目,但要使其达到美秀的境界,那么就得去竭力注重内涵的积蓄,才能更富有魅力。我们都知道,支配人的言行举止的，恰恰就是内在的文化素养、艺术修养、学问涵养等。古往今来，人们对健勇壮硕所焕发的美是十分推崇的。"金戈铁马，气吞万里如虎。"这是何等英武？但是这种美绝不是四肢发达、头脑简单所能焕发的光彩。足球场上的龙腾虎跃，也非仅仅是力气的作用。郎平的执教之道，仅仅只是一记大力扣杀，或几招短平快吗？显然不是。所有这些，除了健勇与力的支撑，更缺不了智慧和胆略。否则，就变成了蛮和莽，美也就被打了折扣。

　　古希腊的德谟克利特说："身体的美，若不与聪明才智相结合，便是某种动物性的东西。"话是说得很尖刻的，但很有意思。给拳头以力量，给大脑以智慧，这是我们许多人一生所追求的目标。我们注重外表美的过程里，充实内心世界的空旷之地，以知识武装自己，给大脑以智慧，这对于一个健美或搏击爱好者都适用。倘若不少文体界的成功者仅仅是凭借一张漂亮的脸蛋或诱人的身材，那么这肯定是属于短暂的"青春饭"。

买书之后

曾读到一篇题为《书非读不买》的文章。作者在文中写了他有生以来第一次准备买课本以外的一套丛书，回家与父亲"谈判"，父亲在听了他的一通陈述后，问："这书非用不可？是不是读完就没用了？"于是，那套书最终没有买成。这虽然是一个例子，但如果真的以"非用不可"且"读完还有用"这两条标准来衡量，那这世上实在是没有几本书是值得买的。

如林的书刊，令人目不暇接，真可谓"雾里挑花，越挑越花"，有时简直令买书者无从下手。喜欢逛书店的人一不留神便会带回几本书，就像喜欢逛百货商场的女人，一不小心就会买回一枚玲珑精致的发夹或一个漂亮精美的手袋，可用不了多久它们就会面临被冷落的结局。据我所知，熟人中有些个买了书，留待"以后读"，得闲"慢慢读"，以致遗忘在角落的，倒是为数不少。

灯如红豆最相思，书似青山常乱叠。进步的社会，进取的人生，该伴随世界的最芳馨，那就是缕缕书香。展书而读，生活便多了一种滋味，添了一份情趣，而人生也因此更加充实和丰富。买书是一种行为，读书是一种目的；买书是一种心情，读书是一种感觉；买书是一种追求，读书是一种享受；买书是一种乐趣，读书是一种幸福……益友何妨去复来，好书不厌看还读。买书就是为了读书，更何况是一些好书了。如果买了书不读，那么书只能成为"书籍包装族""时髦装饰品"，那无疑是一种极大的浪费。

然在现实生活中有一种很普遍的现象，那就是人们往往疏于读自己买的藏书，一旦这本书属于自己，就被搁置一旁或束之高阁。殊不知你不去读它，拥有它有什么实际意义呢？如果你拥有"若知天下事，须读古今书"的信念；假使你抱有"富不读书纵有银钱身何贵，贫而好学虽无功名志气高"的宏志，则更要大读特读了。明代洪武年间与方孝孺齐名的御史大夫景清，曾向一位朋友借得一册秘本，"约明日即还"，当夜熟读"即诵辄卷"，而那位书主人却"不能诵一词"。这个故事告诫我们：书是要读的。如果买了书，就请你找时间、抽空档读一读罢。

时代的浪潮冲击着人们，躁动与不安、忧虑与困惑、追求与向往、欢乐与苦恼几乎填满了现实生活中的每一个空格。读书人总掐灭不了对书本的那份"鱼爱水，蝶恋花"的情结，总保持着那份马思边草、雕盼青云的思绪。所谓"不读诗书形体陋"倒是小事，活得无精打采，活得呆头木脑，那还有什么意思呢？

门　类

　　童话故事，是最利于寓教于乐的启蒙教材。在多数孩子的记忆里，接触的最早的童话可能就是《狼外婆的故事》了。这显现了我们的良苦用心，在孩子还很小的时候就对其进行风险教育了，说白了，就是面对狡猾的坏人，要运用智慧，把住关键之门，才能保护好自己和家人。随着年岁的增长，多数人进了学堂，亦即跨入了"孔门"，被认为是很儒雅的事，如成语"程门立雪"意为尊师好学的典范。但实际情况是，许多人到了中年，能识得人性之门户的，或者说能把得住人生之门的，却也不多。

　　宫殿的门和市民的门，是不同的。因此也就如黑格尔所言："住在皇宫里的人与住在茅屋里的人，想法不一致。"不知从何时起，"门"是见证社会地位的标志。翻翻历史可以知道，魏晋时就很讲究世袭门第。沿袭下来，婚姻要讲究门当户对了，如果出身寒门，即使才高八斗、学富五车，也会遭到有钱有权之人的白眼。但不管人们对"门"的看法和区别怎样，正直者、无私者提倡走正门却是一致的。

　　社会发展到今天，虽然汽车可一直开到家门，但在"门"这个名词以及推而广之的各种寓意上，还有谬种在流传。有权者一旦退出位置，手中失去了权力，往往门可罗雀。再如知名度很高的一句话，叫"走后门"。

大大方方走正门，堂堂正正做个人。对于手握权力者，以廉洁奉公、正直磊落为做人准则，不开后门，不去打门，这是一个重要方面。为人民服务，就得为人民守好门，时刻感到重任在肩，决不能徇私情、谋私利。有位被誉为"一扇铁门"的安徽干部，凡逢招工分配、人员调动、职务升迁时，总会有人来他这里串串门。可喜这位干部不畏浮云遮望眼，下定决心锁住门，竟没有一个人能打开这扇"铁门"。他锁门的宗旨是：歪风邪气不能进。那种一夫当关、万夫莫开的勇气和胆略，对于刹住"后门风"是必不可少的。

恪尽职守把好门，任凭歪风吹来，我自岿然不动。即使有芝麻开门那样的秘诀，也打不开这道铁门，这是至关重要的。同时，我们要立定脚跟，咬紧牙关，坚决不走邪门、后门。

男儿腹内五车书

胡乱地篡改成语俚话，贬者为多。可我以为对于有些文字赋予新的意思，注入新的活力，或合乎民情人意，或反其道而行，品读之下，还是有些意思的。

试看这位书友这一联改得如何：无"读"不丈夫，"书"少非君子。显然，这是活学活用从"无毒不丈夫，量小非君子"一联中妙笔生花的。这一改，妙中见绝，更显高境界。给人一种平中见奇，富有新思维的创意之感。

丈夫是什么？不是一个性别的同名词，也不是靠生得眉秀目清，就会令人"一见人人起敬"的光鲜形象，而是一个大写的人。这个大写的人，必定有本领、肯作为，或志存高远、倾心事业，或趣味高雅、人格高尚。如此等等，便赋予了"丈夫"一词的内涵。古人谓"文质彬彬，然后君子"。这种气质、这份气度、这点气概从何而来？书上已有答案："人不学，不知义。"

鸟欲高飞先振翅，人要进步早读书。只有读书才能充实，才可脱颖而出。不读书，不写字，不看云，不听雨，则雅趣自消、俗尘蔓长。当然，这种读书也未必如钱钟书先生所言"荒江野老屋中，二三素心人商量培养之事"什么的，但总得以一种丈夫的名义，静心读书获取能力，不使自己粗俗和无知。有些人读书，仅仅局限于摆出"窗前流水枕上书"的样子，仿佛这样，就会拥有"腹有诗书气自华"的气韵。而一个真正的读书人，注重的是坐拥书城，大量阅读，"使得自己长出翅膀，身怀绝技"。他们在广泛大量的学习中，再结合深入的实践，从而比别人更有见解，更有思想，更有才能，更有本领。

若知天下事，当读古今书。不读诗书形体陋，皆因肚里无货也。精神到处文章老，学问深时意气平。要不然，纵使一身名牌，满是洋装，可口吐狂言秽语，行为猥亵小气，照样还是让人一眼看破。没有学识、毫无见解的人不能洞察纷纭事。正如明代一首小令所唱："穿得光，抹得香，空有一副好皮囊。"

李笠翁诗云："壮士腰间三尺剑，男儿腹内五车书。"这无疑是一种气概、一种神韵，更是一种充实、一种力量。所以，我们要说的"读"，该是多读健康、向上、有益、启智的书。而坐拥书城，也绝不应该是摆摆门面，装装样子，唬唬别人的"花拳绣腿"。

谦卑者赞

人生在世，谁都有落魄失意之时，当然也有"翻身农奴把歌唱"的好日子。正可谓：世事无常难预料，风水本是轮流转。

做人要深知"人无千日好，花无百日红"的道理。所以平日里不要瞧不起任何人，宽容他人短，念着他人好，遇人家有难受困，就得伸出双手来，帮扶一下。如此，德和福就会积聚起来。

海纳百川，皆是水低汇成。人越谦卑，越能被人敬重和帮助，就越能变得高贵。《射雕英雄传》上的郭靖，小时候资质一般，武艺平平，但他为人真诚，处世谦恭，大家都愿意帮他助他，因而终使他成就了一番事业。

名人有言：做人要谦卑。谦卑具有修复、激励功能，它是虚伪、自大和傲慢综合征的预防针。对下不俯视，总是持平视，这是一种"低头"。"不敢高声语，恐惊天上人"也是一种"低头"。一个人若想有所成，必定要能够弯下腰，低下头。"低头"是一种智慧，也是一种能力，它能扩宽人的视野，拓宽人生之路。苏格拉底曾多次对他的学生说：要学会低头，才能成大事。一个总是趾高气扬、颐指气使的人，人们总是敬而远之，不屑为伍的。

被称为"美国之父"的富兰克林,年轻时去拜访一位老师,年少气盛的他昂首挺胸迈大步,不料撞在门框上了。迎接他的前辈见此情景,微微笑道:很疼吧,可这将是你今天来访的最大收获,一个人活在世上,就必须时刻记住低头!确实,在人生的道路上,你心有多宽,路就有多宽,只有懂得谦卑,懂得低头的妙处,路才能越走越远,山才能爬得越来越高。

天不言自高,地不言自厚。山不炫耀它的高度,并不影响它耸立云端;海不张扬它的深度,并不影响它容纳百川。越是有修养的人,越懂得谦卑的重要性,越懂得尊重人,更不会忘记自己的初心,泯灭自己的热心。高雅竹有低头叶,风韵梅无仰首花。饱满的谷穗总是低着头,成熟的苹果总是红着脸。一个人越是知识渊博、才华出众、成就非凡,他的视野往往就越广,对事物的认识就越深刻,便越谦卑,遇事处世越会"低头"。因为在他们心中会有这样一块冠名牛顿的座右铭:如果说我站得高看得远,那是因为我站在巨人的肩膀上。

人品与文品

要判断一个人的品行,须得"听其言,观其行"。

当年李白气昂昂登高一呼:"天子呼来不上船,自称臣是酒中仙。"这与他平常对权贵所表现出的那一股凛凛傲气,两者可谓言行一致。"闲来写就丹青卖,不使人间造孽钱。"检点江南才子唐伯虎的行为,也绝不是文过饰非的。而"不为五斗米折腰"的陶渊明、"怒向刀丛觅小诗"的鲁迅,更是一言九鼎,人品驭文品,或诗或文之中,或嬉或骂之间,全是从血管里喷涌而出的男儿热血,绝无一点掺假。

所以说,对于文人,要知其人品,就观其文品,读其作品。

诗文是作者真实感情的流露。纵观中国历史,假如屈原没有一腔忧国忧民的火热情怀,那囊括宇宙的《天问》恐怕生命力也不会如此旺盛。如果杜甫没有爱国悯民的情怀,那么他的诗作怕也是苍白无力的。但在这复杂的世界,表里不一的文人也随处可见。倘若一味地就相信"文如其人"的话,那么就显得太过天真了。唐代诗人李绅写过一首《悯农诗》:"锄禾日当午,汗滴禾下土。谁知盘中餐,粒粒皆辛苦。"从李绅的诗中我们本以为他准会是礼贤下士。可当李绅发迹后，不仅生活奢侈，而且爱耍权威，无情无义。当然《悯农诗》是写得不错的，但当人们知道了这些故事后，那诗的魅力似乎就被打了折扣。唐代诗人王维有个弟弟叫王缙，他写的诗也很美，很有君子风度。按说在名望上与其兄"不相伯仲"。无奈此人贪财好货，收礼受贿是家常便饭。王维在杜甫笔下赢得了"高人王右丞"的声誉。相形之下，因"招纳财贿"遭贬的王缙，就显得渺小了。

如今的社会，在那些个舞文弄墨者中间，也有这么一些灵魂"不怎么样"的人，通过各种艺术形式，将文章写得龙飞凤舞，又是教人们如何做人，又是要青年树立大志。然而在实际生活中，自己却是趣味低级、做作庸俗的。口口声声说廉洁奉公的，却是一个劲地专门利己。信誓旦旦地发表改革言论的，一旦改革触犯自己一点私利时，便"怒从心头起"，上蹿下跳起来。呜呼，山盟海誓何在？只留下"满纸荒唐言"而贻笑于世罢！

中国文坛历来重视人品与文品的关系。孔子在这方面有重视德行与言语之间关系的语录；荀子也说过为文者心要纯的话。今天，对于为社会提供精神食粮的人来说，其灵魂若具有真善美的德操，则其创作的艺术作品才会具有强大的震撼力和感召力！

人情酒味

"千古酒话知多少，不尽大江滚滚流。"但有一点是很明了的，即物以类聚，人以群分。君子醉后往往现美，小人醉了常常出丑。《菜根谭》中有说法："花看半开，酒要微醉，此中大有佳趣。若至烂漫酕醄，便成恶境矣。履盈满者宜思之。"对大多数人而言，微醉之下，虽出不来狂草高吟、激扬文字之美，但也很少有借机骂仇人、说歹话搬弄是非的。酒里乾坤大，醉中日月长。在我看来，借酒浇愁，是没有力量的表现。

品酒说酒，也难免让人想起温酒斩华雄的关云长、煮酒论英雄的曹操、醉酒舞翩跹的杨贵妃、借酒避祸难的阮籍，以及酒仙李太白、酒翁欧阳修、打虎武松、狂草张旭……倘若你书读多了，有可能还会抒发书生意气，高声吟诵唐诗宋词汉文章中的酒句醉文。虽说"文能醉人何须酒，书亦香我不必花"，可毕竟碾子是碾子，缸是缸，观书与品酒是两回事。我非高人，也算不上雅士。古人所称道的"善文善武真豪杰，能诗能酒是神仙"，与我相距甚远，所以也就谈不上诸如《汉书》下酒、《水浒》佐酒的境界了。我喜欢好菜好性情，更喜欢与好友品好酒。遇到一般的应酬，虽说人生匆匆一照面，前世多少香火缘，但我最多只喝啤酒，心里头明白狂喝猛吃会失风仪，被人看作是贪杯。

其实，我对"酒要乱性，茶能清心"之说，有些不以为然。我辈早已是中年人，知道分寸、明白轻重了，因此也来得真诚和坦荡了。这喝酒就最喜欢这种境界了。

两年前，同学的一次欢聚让人忘不了，二十年后相聚，从稚稚学童到堂堂汉子，从婷婷淑女到谦谦大嫂，在感叹浮生若梦、韶光如流里，在惊奇岁月如飞刀、刀刀催人老中，不必苦苦相劝才说"干"，何须拉来拉去才喝完。大家都被酒精烧的红彤彤的，似我等不太会说话的，也有如蔺相如口若悬河、诸葛亮舌战群儒般，舌头变得十分灵便。一些"学究"们，也全然没有了少年老成满腹经纶的样子，有的只是"俗得真实"的可爱，少了"雅得发虚"的迂腐。此情此景，倒真是有了"舒心的酒啊千杯不醉"的神奇感觉，你就是不断地告诫自己要小酌一杯酒，也难。

识 人

古人云："读万卷书，行万里路。"这样的观点确实意味深长也在理。但在当今社会，我以为还要加一句，即"识万种人"。

"纸上得来终觉浅，绝知此事要躬行。"这陆放翁的实践之道，随着时间的推移，越来越为更多的人所接受。但是"识人之举"，往往被人忽略。殊不知"三人行，必有我师"。识人，也是一种学习和成长的过程，可谓读生活这部"无字之书"，读社会大学这本"地气之卷"。俗话说："人上一百，形形色色。"在我们今天生活的天地里，周围不乏有识之士、开拓之人，以及各种特长的朋友，我们通过全面、客观地认识他们，或许可以弥补自己的不足之处并找准自己的前进方向。当然，我们周围更多的是平常的人，就像原始森林的一棵树，昆仑山上的一根草。但是，平凡者也有常驻的魅力，有让人感动的朴素之美。他们有俗得真实的本质，常常是穷了不倒志，富了不张狂。与他们相识，识得他们胸襟中金子般的东西，可补风云之养，让人受益匪浅。

今天的社会正处在大浪淘沙的变革中。无可否认，人们难免会在碧波万顷的清水中，看到残渣、碎片、枯枝、败叶。同样，在"识万种人"的过程中,我们肯定会看到一些虚伪、狡诈和奸猾的影子。对于这些,我们也有一个再认识的过程,以利从积极的沉思中,得到反省和升华,从而绕过他们设置的障碍,踢开人为的垒石,向着进步、无私、忘我这个境界大踏步迈进。如此识人之举,不是圆滑,不是世故,并非为了刁钻售奸,并非为了八面玲珑。

歌德在他的《格言诗》中写道:"你若要喜爱你自己的价值,你就得给世界创造价值。"而在"认识人"的过程中,我们得到的不正是充足的转变人的力量么,不是对自己的一种历练,一份清醒么!这是给人生创造价值不可缺少的先决条件和推动力啊。

读人如读书,博大又精深。朋友,愿你真正认识生活中的"万种人",从而做一个有担当、有正义感的人,一个脱离低级趣味的"大写的人"。

适度为妙

  在市井里巷，常常能够听到这么一句话：事情莫要做过头，留些余地好周旋。这句话话俗理不糙。细细品味，话中深意倒如陈年老酒那般醇香十足。

  友人相聚，两盏三杯淡酒，符合《菜根谭》中说的意境：花要半开，酒要微醉。这时意气上来，诗也谈谈，文也说说，情也叙叙，这是极乐的事。如果狂吃猛喝，有三分量偏要吃十斤酒，喝得天昏地暗，借机骂仇人，说歹话，到后来又翻江倒海起来，让人扶得醉人归，洋相出尽，这就过头了。闲来听听音乐，松松筋骨，可以愉悦心情。

  凡事要适度，"从心所欲，不逾矩"，就要掌握一个分寸问题。这是人类得以保持平衡和生存发展的一条准绳。日常生活中，姑娘少妇爱打扮，描得眉毛如新月弯弯，双颊似旭日东升。但打扮之妙，往往就是美与丑的分界线。淡妆浅抹恰到好处，便也格外令人青睐。倘若将化妆品抹得厚厚一层，这是要被人窃笑的。

  高尚和可笑之间只差一步，乐极与生悲常在毫厘之间。这绝不是耸听之危言，诓人之话语。"隔靴搔痒赞何益，入木三分骂亦精"。即使是嬉笑怒骂，也有个适度问题。一个玩笑开过头，也会闹出人命来的。而有时骂得恰到好处，真比捧还要好。

从科学技术和艺术角度看，更需要讲究适度了。芝麻落在针缝里，这样极佳的适度一般是做不到的。明代开国皇帝朱元璋说过一句经典的话：守法的人最快乐！守法的人安居乐业，其乐融融。超越践踏法律的人则被量刑发落，饱尝铁窗之苦，人身限制行动，这还有什么自由和美好可言呢？在今天，当人们的生活越来越需要种种措施和文明发展的规矩的时候，我们讲究适度是很有必要的。华罗庚先生根据黄金分割点选择的 0.618 最佳位置，从而普及"优选法"；工人张兴让首创的"满负荷工作法"，都足以说明适度在科学应用上的妙处。如果把这个度随意调整，把 0.618 改成 0.620，把满负荷变成超负荷，那么所产生的效果就不会是美妙的了。

书法与花园

最近一本填色书《秘密花园》突然成为畅销书籍。这是一本简单的黑白画集，配上各种色彩的画笔，读者可以任意挑选颜色为其着色，一番涂鸦下来，便能起到良好的减压效果。

同样是拿着笔在纸上涂涂画画，不禁让人想到中国传统文化中书法艺术的尴尬处境。现在说起书法，人们的印象就是小孩子的课外辅导内容，或者老年大学的课程，真正如《秘密花园》般成为大家主动去追捧、真正花心思去琢磨、花精力去把玩的，恐怕不多了。

我酷爱书法，也喜欢画画，对书法和《秘密花园》都略有了解。总的来看，两种形式都具有很强的创造性和差异性。不同的笔调、不同的勾勒，哪怕是一丝丝细小的差别都可以创作出完全不同的两幅作品，达到完全不同的艺术效果。同时在创作的过程中，人都要精神饱满、凝神贯气、摒除杂念，将思想和心情都融入到创作的优美意境之中，都能短暂地脱离现实生活，找回单纯的乐趣，达到舒缓心情、减少焦躁情绪、释放压力的效果。

若说最大的不同之处，书法创作的变化在于用笔的变化，提、按、转、接、隶、楷、行、草，各种变化有其必须遵循的规则，更有其千变万化的空间，充分体现了中国人所讲究的不易、变易和简易。《秘密花园》的变化在于色彩的变化，不同的色彩搭配加强了作品的变化性和趣味性，体现了作品的个性。

相比而言，书法不单单是笔墨的创作，还是一种文化底蕴的体现。一幅好的作品不仅要用笔老到，而且对其所表达的内容也有很高的要求，诗词歌赋、格言联语，都是体现情感的有效载体。《秘密花园》相对就太简单了，图形都是现成的。此外，书法创作可大可小，挥毫泼墨可以培养人的大气胸怀，蝇头小楷可以养成专注、细致的个性。而《秘密花园》更着重于细小的一面，容易沉进去，不容易跳出来。从养生角度来看，书法创作时，要求头正、肩松、身直、臂展、足安，执笔则指实、掌虚、腕平、肘起，整个过程动静结合、刚柔相济、虚实相间。

虽然中华传统文化的博大精深，不是一件时髦玩意可以相提并论的，但不可否认《秘密花园》的成功有着其必然的原因，特别是相比于书法而言。首先，其门槛低，无论有没有艺术功底，拿起笔就能画，不管画得好不好看，至少都能成画；而书法内涵丰富，有那么多字体，一种字体学习下来，没几年练不好，更别说笔、墨、纸、砚都有很深的门道。其次在于其神秘性。对于《秘密花园》，你没有完成最后一笔，就不知道最终的作品是怎样的。而书法作品讲究先构思再下笔，起笔的时候，脑子里已经有完整的图样了。大家平时大师级的作品看得多了，一般的字都看不上眼，由于自己写得不好，也不好意思拿出来。最后是其传播性。《秘密花园》充分体现了快餐时代的便捷性，拿起笔就能画，画好后随时可以上网与朋友们分享乐趣。而书法创作，先要准备好墨、笔、纸，完成后还得再整理好，相比来说繁杂多了。现在市场有一种水写纸，用水写好后一会就干了，倒是便捷，但无法与他人分享，无法跟以往的作品进行比较，更无法保存。书法要体现时代性，让更多的人喜欢、投入到书法艺术中来。

无论是书法还是《秘密花园》，无论是千年的文化积淀还是一时的文化流行，都是一种传统休闲的乐趣。我们要从手机屏幕里解放出来，回归自然和本真，拥有更健康的情绪与生活，这才是应有之道。

书房之夜

挑灯夜读,借读而思,此乃人生的一种精神漫步。

入夜,无疑比白天静了许多。安心地静坐书桌前,于静寂中的独处,正是心灵与大自然、与人文艺术融洽对话的最佳时机,也是给心灵一次闲适的机会。远离杂乱的环境,说不上操守就高出一筹,但是大音希声、静极无客,正是一种此时无声胜有声的人生境界。

夜色如网,笼罩大地。在黑漆漆的夜里,除了思索者的痛苦和静心者的孤寂,还有庸人的酣睡和昏聩者钝根的呓语。我没有前者这般高洁邈远,自然也没有永嘉四灵徐玑所抒发的"爱闲却道无官好,住僻如嫌有客多"那般清高孤僻。但我认定了一点,在时尚的鼓噪声中,痴痴地守住一分宁静。任何时候,不管红尘迷漫,可喜总有那么一些"静如松"的人儿,或于热闹中后退一步,或于喧嚣里转身离开,不趋附而始终保持一种静观的固执,为智慧、思想、知识披荆斩棘地开辟出一条可以容纳精神奔放的路途。

静坐书桌,天地悠悠,广阔无垠而令人向往。历史会向我述说她的久远和坎坷，时间老人会跟我谈论生命的价值和无限。你所翻阅的每一本书都是经典，是人生的缩影，是哲理的注释。字里行间展示了人生的选择，悲壮的缘由——安娜的困惑，娜拉的出走，苔丝的叹息，珍妮的温柔，圣母院的钟声，茶花女的怨忧，火枪手的胆略，基督山的恩仇……还有司马迁秉笔直书，曹子建七步成诗，李太白执剑出长安，陆放翁梦里执吴钩，韩昌黎被贬潮州祭鳄鱼，苏东坡瓢泊海南饮苦酒，王实甫作《西厢》叹息有情人，冯梦龙写《三言》名声入欧洲，吴敬梓落魄一生修《儒林》，曹雪芹满腔心绪寄《红楼》。正所谓，悠悠历史拂过，款款人物走来。扬善惩恶，公理不朽。千秋青史，尽收眼底。

  静坐书桌，如身处艺术长廊，多姿多彩，美不胜收。这也是我珍惜生命的慰藉，也是青春年华的延续。古谚诗曰：人生七十古来少，前除幼来后除老。中间剩下不多时，又有严霜与烦恼！因其生命短，才知要珍惜。干不出大事，做不出实事，拾砖添瓦地干些小事吧，这样心中坦然，看事悠然，做人自然。

书之法

能把字演变成一种艺术的，怕只有是中国的汉字了。文人讲究一些书艺之道，这是十分必要的，千百年来，人们总津津乐道"墨凝柳骨，笔挺颜筋"的那种横空出世、马嘶剑鸣般的书艺。李白赞叹怀素和尚的书法为"少年上人号怀素，草书天下称独步。黑池飞出北溟鱼，笔锋杀尽中山兔"，更是留下千古诗文书艺的一段佳话。

书艺墨海佳话多多，但也有不少笔墨的纠缠。中国书法史上，不乏以字形外观来评判书法优劣的。唐代书法理论家张怀瑾就贬王羲之的书法"有女郎才，无丈夫气"；而李煜则贬颜真卿的书法为"叉手并脚田舍汉"。以李煜写的"问君能有几多愁，恰似一江春水向东流"的文才和气质来评判颜真卿不难理解，不知明白"深识书者唯观神采，不见字形"的张怀瑾，为何还会贬王羲之的书法？是不是"文人相轻，自古而然"的陋习沿袭所致？

书法笔力内蕴，笔锋朴厚，笔势开张，笔走恣肆，能够造成一种表达的气势。书法者和文字作者在向艺术殿堂的探索中，应逐步形成自己的风格，使之"风格即人"。但对艺术品的评判中，却不能有"风格"，应容得和看到牡丹之艳、风荷之俏、月季之丽、秋菊之韵。不少时候，恐怕对于一株小草的微微翠色，一颗青葱的青青亮色，以及一粒桑椹的<u>丝丝甜意</u>，也要慧眼顾得，胸中容得。

说到书法的发展和创造，也真是人类智慧的结晶。被当今不少书法家练成拿手好戏的隶书，史载是一位秦朝的狱卒发明的。在中国书坛还有一件事也颇可玩味——中国书法字体历代都是以书法创始人的姓名命名的，唯有宋体字却以朝代命名，为何？

宋体字的创始人是宋朝秦桧，一代奸相，万古罪人。"人自宋后少名桧，我到坟前愧姓秦"，这是其子孙后辈的愧疚之词。但秦桧是状元出身，不仅博学多才，而且在书法上造诣很深，总结前人书法之长，自成一家，创立了宋体字。他早年为官，名声尚好。但后来高宗时为相，迎合高宗偏安政策，镇压抗金将领，以"莫须有"罪名在风波亭害死岳飞父子，天怒民怨。虽然宋体字是秦桧创造的，但是后人厌恶他的人品德行。因此，将秦桧创立的字体称为宋体字也就顺理成章了。

第一辑　春秋喃语

为某些雕塑叹息

　　杭州西湖的孤山，是6700万年前白垩纪时代的火山喷发留给我们的遗产，已在春秋变换中变成了一座精致的园林。而且，中外闻名的西泠印社、林社和放鹤亭都在这里，更为孤山营造了深厚的文化底蕴。孤山不孤，流水有痕。孤山望见了西湖的沧海桑田，也阅尽了无数的世事芳华。山不在高，有人则名。孤山记录了千百年的君子风范，山高水长。苏子云：孤山孤绝谁肯庐？道人有道山不孤。这座小山有着天然去雕饰的美感，荟萃了博大精深的人文历史。

　　然而，当你漫步山北边，便会蓦地看到山脚下钻出一只只肥胖的绵羊。当年那个龙门村的儿童团长海娃正握着红缨枪，举手四望呢！这就是雕塑《鸡毛信》。每每信步走过那里，我总像在自然的王国里倘佯，猛地听到一声开山炮的巨响一样，心悸而很不是滋味。作为造型艺术中的诗、静止状态中的舞，动感形象的人工雕塑应当与周边环境保持和谐，才能显现恰到好处的美感。反之，必定让人产生不伦不类和突兀的感觉，总让人感到特别不协调、不舒服。

西湖十景之一的花港观鱼内也有一座雕塑——钓鱼的孩童，作品形象逼真，很可爱。但钓鱼和观鱼毕竟是两件不同的事。放在这个特定环境里，这么一"钓"便变俗了，也扫了观鱼者的兴致。这种情况并非个别，在有些名胜古迹，本应体现典雅风格的，偏偏周围高楼林立。本应是"摆开八仙桌，招待十六方"的茶馆特色，却是五光十色、花里斑斓的大饭店之喧嚣。

在自然景观中，也非一概都不能增加人工的东西，如同济大学陈从周教授批评的：西湖穿上西装，扬州穿上洋装，就怪怪的如"四不像"了。我想如果在孤山那块"牧羊地"，换上林和靖的放鹤图，摆上诗人的行吟像，那效果就大相径庭了。为什么一段时间，鲁迅先生的铜像偏偏要放在车水马龙的湖滨，而让生前有肺病的先生充当交通警察？我觉得这与海娃、鸡毛信的雕塑犯了同一大忌：毫不考虑雕塑的空间关系，视觉效果与周围的统一协调。

当年法国的雕塑家法尔孔纳为俄国创造《青铜骑士》，曾花了12年时间去研究雕塑与彼得堡广场的环境以及晴晴雨雨、雾雾雪雪的效果，终于刻画出彼得大帝英武不屈的形象，并与周围的一切相吻合。人类文明的发展史上，凡记载在建筑与石刻艺术上的人文历史，可非儿戏。由此我又想起一件事，十月革命后，俄国一个叫普列特涅夫的人在《思想战线上》一文中说，在巨大的水电站的正面放上一个闺房中的小天使，是荒诞的。在一组横跨大桥的桥上放上一些小花环也是可笑的。因为水电站和桥的美，在于它们的巍峨壮观，以及大量钢、铁、混凝土和石头的结构美。这样的话语，是应该给某些园林设计者认真读一读的。

第一辑　春秋喃语

心　花

　　花是美丽的，也是烂漫醉人的。

　　然而，在世界上所有千姿百态的花朵中，我觉得要数心花最为美丽，也最出彩。这你我看不见的心花，是如何暗香浮动，飘出馨香而怒放的？答案就是人的愉悦心情。

　　红颜驻花开，结伴真无语。独有景中人，由来锦簇间。这是人们对美好生活的感知，是对人生际遇的感应。而这一切由心花所营造的美好，正是我辈人生所需的。看如今，随着晨练大军和旅游大军的人流，在社区或公园，人们成群结伴如老顽童般跳舞唱歌，健身滑轮抖空竹；越剧迷、京剧"票友"聚在一起"官人、娘子"地唱。身临其境，我们便能看到这茂盛的"日日醉春风"的鲜花，也总能寻找到那辉煌的姹紫嫣红的心花。这是一个个怒放的生命，这是一片片绽放的花海！

　　人生喜乐蕊千枝，童心欲放花万朵。心花怒放，这是生命中最贵的花，是这个世界上最美的花。最好的心境和极佳情绪，是它最肥沃的养料，否则恐怕是怒放不出来的。试想，如果我们总为生活而困扰，总是悔恨失去的一些机会，为一点病痛而忧，被一些生活琐事所搅，总是将心灵的窗户关得紧紧的，把固执的脾气搞得怪怪的，那么心灵的花儿或许就会弄僵，甚至会过早地凋谢。"落花流水春去也"，这表现在自然界，还有"蓄芳待来年"的期待。要是体现在精神上，表现在生活上，那恐怕只会注定机不可失，时不再来了。因为时间不会等待你的花儿盛开，生活不会因你的喜忧而停止前进的步伐。

生活是丰富多彩的。但要是封闭了心中的门窗，往往就很难以找到培育自己鲜花的土壤。当然，心花怒放的方式有很多，如登高望远、垂钓漫步、赋诗作画、唱歌跳舞、旅游探胜等。但这样的心花怒放并不持久，如自然界的花朵一样不可能一年四季常开不断，所以除了倾心于对生活的热爱和对生命的珍惜，更要充实自己对人生的理解，对真理的追求。只有做一个实在的人，懂得幸福生活来之不易的人，才会感受到真正的快乐。

人来到这个世上可不容易，人生只有不能返程的单程票，谁会拒绝快乐呢？就让我们敞开心扉，说出真实的感想，追求美好的理想，那心中的花儿就会很自然地在广袤的天地中绽放飘香。

眼　光

"眼光"一词主要有两层意思，一是传情示意，二是指眼力与见识。在现实的语境里，眼光即是内心所表现的外在颜色。这人世间的赤橙青黄蓝黑紫，其五彩缤纷尽在眼光中闪烁。人说"给你点颜色看看"之语，往往就先从眼中闪出那层意思。

看眼如读书，一本诡异奇迷之书，实在大有暗点、亮点、疑点可寻。"眼光像刀子一样""眼光冷得叫人一抖"，这是仇视、鄙视、憎恨、义愤的情绪反映；"视线像太阳一般""眼中充满了天使般的微笑"，这是温暖、和平、慈祥、善良的心理反映。"目光如炬""目光如电"，说的是精气神十足，充满活力和自信。"目光如豆""目光如鼠"，说的则是见识短浅。

眼睛能传递信息。使个眼色，通常凡聪明机智者则能心领神会，或心照不宣而配合默契。所谓察言观色，便知端倪。冷静又能思考的人往往能读懂别人眼中的意思。

生活中有的人眼睛只向上看，常说的额角头朝天，实是看别人的眼色讨生活。有的人说话办事只看上司的眼神行事，直把眼色当令箭，唯恐领导不满意，疑神疑鬼，东想西想。在《镜花缘》中,就有这样一段故事:有一富翁带一小厮去拜访客人。小厮先是跟在后面,却见富翁不悦:"我是你主人,并非你的顶马,为何你在我后面?"小厮赶忙抢到前面去。走了几步,富翁又怒:"我非你跟班,为何在我前面?"小厮又慌忙退与主人并行。行未数步,富翁再怒:"你非我的等辈,为何与我并行?"这小厮原是惯于眼色行事的好手,没想到这次却左右为难,不知如何是好。如此说来,看别人的眼色讨生活,实在是很难受的。

当然也有领导看下级眼色行事的。那往往是邀功取宠、获得好印象的良机。《红楼梦》中有贾雨村新官上任断命案一章,贾雨村本想烧好这头把火,来个秉公办案以报皇恩,不料突然冒出个门子一个劲地递眼色,于是贾雨村便退进密室单独召见,这门子说出了"护官符"之类的为官之道,引出一段"葫芦僧乱判葫芦案"。

人之一生,不看别人眼色也做不到,但也可以把别人那种冷冷的、淡淡的、不屑一顾之类的眼色当作"激将"和激励,咬紧牙关,自立自强,这样就可以少看甚至不看那种最让人心悸的眼色了。今日,从眼色中读懂一些东西,是必要的。比如打球配合、生意谈判,比如情人相会、同仁共事……但为人处世,待人接物,我们的眼色应该对上不仰视,对下不俯视,应采取平视的目光才好。刻意看哪个人的眼色而活着,扭曲了心灵,颓废了情绪,糟蹋了身体,这又何苦来哉!

一个"狂"字

一个人的谦虚和骄傲是需要辩证地看待的。这世上，倘若一个人有真本事，能拿出些真东西来的，多半会有点儿。据说，晋代有名的"竹林七贤"之一嵇康，做得一手好文章，也能大口大口饮酒，于是就骄傲，有时甚至近乎癫狂。鲁迅先生的好友范爱农君，依鲁迅之言，也有类似"白眼看鸡虫"的神态。要我看，如果来个排座次，诗圣李白更能坐得一把好交椅。"我本楚狂人，风歌笑孔丘。"它不仅没把孔老夫子放在眼里，对权贵也不当一回子事。有杜子美诗为证："天子呼来不上船，自称臣是酒中仙。"好一股不畏权贵的凛凛正气。

粪土当年万户侯，冷眼向洋看世界。鲁迅先生其实也狂傲，他对一些损人牙眼的人，或有些个以教师爷自居者，采取的是"连眼珠子也不转过去"的方针。维新变法的谭嗣同亦然，变法失败后，有人劝他逃走亡命日本。他振声道：流血请自嗣同始！此为骄傲。可谓正气凛然，狂气冲天。中国能多些有脊梁的狂士，是荣耀。

有时候我想，被人称之为狂，也非坏事一件、丑事一桩。换个角度看，这也是对有特立独行人格者的一种赞美呢。倘若人因为敢于抗争、敢于为老百姓发言，被称为狂人。那么这种对人民群众有好处的"狂"，我们就应该为其抚掌叫好。

君子坦荡荡。我很佩服发明家刘忠笃，也包括他的狂。他的发明有百项之多，其中 16 项已注册欧美等八国专利。刘忠笃有作为，有胆识，也有个性。他冲破阻力搞发明，倾心钻研新科技。前几年，他发明了一种智能照明控制器，专家们认为它具有国际先进水平。在鉴定会上，刘忠笃不忘在专家的评语上补上了这么两句：这项发明原理奇特，上述评价当之无愧！他讨厌那种假惺惺的谦虚，他称之为"这是民族的假谦虚"。他觉得一个人总是小心翼翼，不敢超越，不敢肯定自己的成就，看不到自己用辛苦制成的亮点，必然导致创造力的衰退。

在中国，这种敢于呐喊，甘于付出，又能喊出自己声音的狂士还太少。勇于进取，敢于开拓的"狂"者越多，我们的事业越有希望。记得汉文帝说过这样的话，"国之大患"在于"言者不狂"。言下之意是说，狂者多多益善。时代要前进，社会要变革，就要让言者多狂，让狂者脱颖，去不懈创业，去不断创新。安于现状，平平庸庸，不愿冒尖，不肯出头，往往做不成时代的大事业。

还须补正一句，"狂"者非"妄"，真正的狂者与自以为是之徒并不相干。我们所说的狂，是有正气、有锐气、有勇气还有一点霸气的"狂"，是敢为人先，锐意进取的"狂"，是以科学和知识武装，不畏权贵的开拓实干的"狂"。这样的"狂"，何尝不可以使人进步呢？

艺术之源

近现代的中国美术界,因有吴昌硕、齐白石两位声名遐迩的大腕而出彩。故画坛有"南有昌硕,北有白石"之说。尤其是后者,因木匠出身,似乎更显传奇色彩。齐白石纵横画坛七十年,留下丹青几万幅。然而有人发现,有一件东西他是从来不画的,那就是龙。

《白石老人小传》中有记:"为百虫写照,为百鸟传承,只有麟虫中之龙,未曾见过,不能大胆妄为也。"正所谓,写意万物亦有准绳。因此白石老人宁愿涉笔成趣,淋漓泼墨,画小不画大,画虾不画龙,足见他的创作态度是多么严谨。

古人说过"画犬难,画鬼易"的话。鬼神之类,谁人见过?故有这种说法。我想,凭白石老人的笔墨才华,如若画龙,自然也会栩栩如生。哪怕只是画几只恐龙,也会与众不同的。而他不为"卖画钱且沽酒去"所扰,忠于生活,珍视艺术,这是难能可贵的。

文章千古事,得失寸心知。凭主观臆测,任笔墨生花去作文绘画,是要误人误事的。即使像王安石这样的宋代大作家也出过

"洋相"呢！由于他不了解我国南方有一种小鸟叫明月，有一种昆虫叫黄犬，就提笔将一位南方诗人的诗句"明月当空叫，黄犬卧花心"，改成"明月当空照，黄犬卧花荫"，以致闹出了笑话。在一些世界名著中，弄错了时间，搞乱了年代，不知一些自然和生活常识的章节，也时有所见。由此看来，亲口去尝梨子，亲身去体验民间，源于生活，高于生活，以一颗火热的心，以一腔炽热的情，去了解和熟悉百姓的日常，了解城市，对我们的创作是多么重要。鲁迅先生曾要求我们"写自己最熟悉的东西"，也就是要我们去生活中找到闪光点，去百姓中找到切入点。

  生活是创作的源泉，艺术与生活有着不可分割的关系。离开生活，关在玻璃房里写文章，不仅会洋相百出，写出来的作品也必然苍白无力，与艺术的要求相去甚远。靠胡编杜撰写出的东西，只会头重脚轻根底浅，顶多也只是"花红一时间"。只有热爱生命，热爱生活，在百姓中行走，才能得心应手地反映生活的原貌。"最大的天才，尽管朝朝暮暮躺在春草地上，让微风吹来。眼望着天空，温柔的灵感也始终不光顾他。"黑格尔的话如此深邃，确实值得我们深思。

亦说文采

古人曰："言之无文，行之不远。"文采之美，文采之力，不管在理论文章里还是在文艺作品中，都不是可有可无的点缀。没有文采的作品，就像柴木一般缺少美学价值。"人要直，文要曲"，就包含了这一层道理。语言风格，正是作者性格、热情、信念、理论深度和文化素养的体现。文采就是作品的精神、风貌、脉搏，通过文字熠熠闪射出来的光芒。

对文字的讲究，无疑也是美的一种追求，有时还会增加思想的深度。对于文采，有人往往以为这是文学的专利权，其实不然。写文造字，思想是重要的，文采修辞也是必要的。凡学界大家，做学问少不了借力于各类学科的辅助，更凭借文字独具的文采为自己的文章服务。王勃名句"落霞与孤鹜齐飞，秋水共长天一色"，他还常常为之练笔挥毫呢！鲁迅、胡适、林语堂、梁实秋这些大家巨擘们，在其文章和专著中，也无不对文采大加推崇，倍加倾心。所有这些，无不给人启迪。

"去年今日此门中，人面桃花相映红。人面不知何处去，桃花依旧笑春风。"在辉煌浩瀚的唐诗里，那位名不见经传的崔护只是站在角落里的一位文人罢了，但一首《题都城南庄》竟也与他本人一起流芳百世。浩瀚几册千古文，王羲之的小文也只有寥寥一篇。为何与崔护一样，每每选本选来删去筛不掉？很简单，皆因文采彪炳辉煌，光耀千秋。当然，文学名篇自在情理之中，可喜的是一些非文学类书倒也给我们意外的惊喜。达尔文的哲学巨著《物种起源》，虽然是知识文章，但却精深博丽，很有一番竹外桃花、斜阳风影的酽酽韵味。李时珍的《本草纲目》，内有典故纵横穿饰，文字简洁深远，有哲理情绪的渲染烘托，有科学的旨趣、文学的趣味，让读者在迷人又醉人之间，快意身心，易于接受。我们今天攻学术，做学问，或许不求如何恒远，但借助文采，能让思想表达更深刻，读者更广泛，论文专著更具吸引力和感召力。事实证明，思想的力量，加上文采的助推，不仅会锦上添花，而且会显得更有力量。让思想的深邃加上文采的翅膀，才能越过高山大洋，飞得更高更远！

语言的"空城计"

民国初年,上海曾流行一种话剧。其剧中有一类角色,总是少不了。这类角色有个雅称,叫做"言论老生"。言论老生的任务或者说拿手好戏就是大发议论,一套套地空口说白话。说实在的,这角色的嘴皮子是十分了得的。

今天,在我们的社会活动中,涌现出大批"狂飙为我从天落"的时代弄潮儿,但也不乏"言论老生"这类角色。一旦有人要振臂而起革故鼎新,他们总会说这也不行,那也不对。而当有人改革创新稍有失误,他们便又摇着羽毛扇粉墨登场了。或马后炮连轰,或毒舌头呷巴,其指责之刻薄,令人心寒。说什么要我搞就不会这样,大有一尺寸草,自己是正生的价值。这言论老生的一路表现,简直可以与历史上的清谈客直接挂起钩来。曹魏时期的玄学家夏侯玄等人,崇尚老子、庄子学说中的无为思想,以此解释儒家经义,排斥事务,专谈名理。魏末,又有阮籍等七个书生兴起,时称"竹林七贤",不但空谈,且能饮酒。故历史上有"清谈误国"之说。因这股风逐渐跨代蔓延不休,惹得鲁迅先生借古讽今而评曰:"许多人只会无端空谈和饮酒,无力办事,也就影响到政治上，弄得玩空城计，毫无实际了。"

然而，"言论老生"的清谈发展到今天，也有了明显的进化。他们文戏武演之下，不仅仅是"把吴钩看了，栏杆拍遍，无人会，登临意"，还表现在他们个人利益得不到之时，又会做出不干事的整干事的种种恶作剧来。这时候，他们的确不是"言论老生"了，倒真个拿出实际行动来，诬陷谣言一起发，污言秽语一起上，动口又动手，还真毫不留情啊。

显然，"言论老生"的遗传基因留在今天这个时代里，无疑已不再斯文，实是有些丑恶了。那些老调子、新曲子，终要唱完的。所以劝其上乘之际，还是改弦易辙，从头做起，洗心革面，专注干事，去充当人生和事业舞台上的一名正角才好。至于我们，对这些人的缺点，以及拙劣表演，仍是要谨慎注意的。不然就会伤了干事者的心，冷了老百姓的情。真抓实干最重要，空谈清谈会误事。我们应该像鲁迅先生所言："不是说，而是做，梦着将来，而致力于达到这一种将来的现在。"总之，我们都要支持踏踏实实的干事者，一心一意谋发展，心无旁骛创新业。

月夜飞絮

窗外月色明媚，在我闲书时节，倒飘来思絮，令人对于书与书之外的一些事，有了些许顿悟。

我总觉得，书的内涵、艺术的质，是绝不能以题材的大小而论的。漫天挥着扫帚一样的笔写联题匾，固然是大手笔，显出大气魄。当年沙孟海老先生挥着如椽之笔，在灵隐寺写下了"大雄宝殿"四个字，可谓雄浑丰沛，彪炳千秋。可工艺大师能够在一根头发上刻一幅《兰亭序》的微雕，又何尝不是真艺术、显就真本领？如果让我在书之稀释的厚和书之蒸馏后的简短进行选择，我宁要后者。1953年和1965年，英国和美国的两篇千字论文，问鼎了诺贝尔奖，引起了不小的震撼。这多少给我们写书作文者一点小小的启示：质量和内涵十分重要。

"一个人不能同时骑两匹马"，这是德国大诗人歌德的名言。"一个人不能同时蹚两条河"，这又是古希腊哲学家的劝导。意思是说人不能从事两项不同的专业，否则就会得不偿失。记得自己家乡也有一句俚语，叫"千脚蜈蚣也只走得一条路"。虽说人并非只能干一项专业，许多人都有多方面的兴趣或才能。但那些名言或俚语说的都是一个道理,即人生苦短,时间和精力有限,凡事只有集中了精力,认准了目标,才能有所作为。有些只想着"乐艺乐钱兴无涯,亦文亦商并蒂花"的能人,恐怕是难以达到这个境界的。如有,那也是个别现象,仅属个例。我们要集中精力,如放大镜一样聚焦,才能在太阳底下,燃起火种,形成燎原之势。"螣蛇无足而飞,鼫鼠五技而穷。"荀子在《劝学》中的话与歌德之言中西合璧、同义同理。

曾读过俄罗斯寓言作家克雷洛夫的作品,其中一篇《杰米扬的汤》让人印象深刻。写的是一个叫杰米扬的人,用鱼汤款待朋友。这汤不怎么样,他还一个劲地说好吃,用勺灌朋友。最后朋友受不了,只好跑了。克雷洛夫这段寓言讽刺了一个喋喋不休地宣读自己作品的虚荣作家。现今也有这样的写手。浮躁的心绪,没有思想的滋润,使之作品粗制滥造。他们的文章为了招徕与推销,在形式上虚张声势,做出了张牙舞爪之态,在内容上,则是低劣和无休止的重复。恰如"膨化果""棉花糖""爆米花"一样,软绵绵、空瘪瘪、干巴巴的。而他们还一个劲地炒作,把炒焦了的东西硬塞给读者,这正如杰米扬的汤,叫人大倒胃口。黑格尔说"轻浮的想象不能产生有价值的作品",诚哉斯言!

珍 惜

前不久网上有一段话很火：人活着真不容易，明知以后会死，还要努力地活着，人活一辈子到底是为什么？复杂的社会，看不透的人心，放不下的牵挂，经历不完的酸甜苦辣，走不完的坎坷，越不过的无奈，忘不了的昨天，忙不完的今天，想不到的明天，最后不知道会消失在哪一天。

读后，虽觉得也并非新鲜，却也让人思绪良多。是啊，这就是人生，这就是生活，这就是生命！人生一世，草木一秋，自己的身体最宝贵，千万别愧对；自己的情缘最珍贵，千万别遗弃；自己的幸福最可贵，千万别浪费。

明鉴于此，我们就务必要学会惜身。再忙再累也别忘了心疼自己，一定要好好照顾自己！人生如天气，可预料，但往往出乎意料。不管是阳光灿烂还是阴霾下雨，一份好心情是人生唯一不能被剥夺的财富。把握好每天的生活，照顾好独一无二的身体，就是最好的珍惜。得之坦然，失之泰然，随性而往，随遇而安，一切随缘，是最豁达而明智的人生态度。人生区区几万天，功名利碌放一边。是是非非随云去，快乐时时记心间。这应该成为我们的处世之道和行为之尺!

我们务必要学会惜缘。在这个世界上,两个人相遇的可能性是千万分之一,成为朋友的可能性是两亿分之一,而成为终生伴侣的可能性只有五十亿分之一。人与人的相遇都是那么难得,那么偶然,又是那么美好。我们要珍惜父母之爱,是他们无私无怨无悔地给了我们生命,给了我们生活中璀璨的阳光。我们要珍惜朋友和同仁,是他们的帮助,给了我们生活的无穷的勇气和砥砺前行的动力,给了我们暖心的慰藉和欢娱的快乐!我们应该珍藏人世中的情谊,我们应当珍视红尘中的情份,我们应需珍惜世界上的情缘!

我们还要学会惜福,要学会真正读懂幸福的涵义。有时候,幸福只是一杯茶的香、一顿普通的饭菜、一句问候的抵达、一盏晚归时为你亮着的灯。幸福的确是需要比较的,但是这种比要和比你过得差的人比,这样比才能知足常乐,就会放大幸福,珍惜福份。外国有句谚语:你抱怨没鞋穿,埋怨没袜穿,直到看到缺了双腿的人。

人往往就是这样,得到的东西不懂得珍惜,一旦失去才知道珍贵。漫漫人生,不是苦恼太多,只是我们不懂生活;不是幸福太少,只是我们不懂把握。我们是彼此的过客,因此我们要及时地惜福,别等人走了,才幡然悔悟;别等心伤了,才急于弥补。趁人还在,多多联系,趁情还在,好好珍惜。

时间煮酒,岁月渐稠,只有经历过岁月煎熬的人才能体味出人生最真实的味道,才能以满腔心志去惜身、惜缘、惜福,因为这不仅仅是为自己着想,更多的是为他人付出!

第一辑　春秋喃语

真　我

　　与睿智者交流，好似跟比你高几招的棋手对弈，总有不少收获。我曾与一位肌肉十分健硕的武师晤谈，然言语间颇感其人并非四肢发达、头脑简单之辈，而是有真学问。对于人生，武师更有一番自我认识，可说是要言妙道，很是受用。尤其当他提到"假我"两字后，竟也让我赞许不已。武师说，要想开拓胸怀，保持健全的人格和活泼的体格，就得要摒弃"假我"。

　　"假我"是什么？当然是真我的对立面。这如同国外的假面舞会，面具一戴就连你的爱人也认不出了。而生活中又有多少做出来或装出来的假面具呢？他们将真我紧紧地包裹起来，来一番刻意的伪装，说话言不由衷，办事力不从心。明明是一株可长得很高的树木，却深深地扭曲在一只花盆里。明明是一双很有筋骨的大脚，却硬是塞在小一码的鞋子里。如此违心地做"套中人"，其内心的苦涩只有自己知道。

　　因而，对于不少表面的东西，我们许多时候是信不得的。人生旅途中，看人自然也是这样。壮士腰间三尺剑，男儿腹内五车书。要识得"假我"，这恐怕还表现在"读人"这本书上。虽身穿洋装但内心肮脏的或不敢亮不明亮者，社会上或生活中也有。有一些人身材像运动员、派头像司令员、脸蛋像名演员，可谓十足的一表人才，但内心怎么样，不得而知。

《梵行品》中有一句话："修一善心，破百年恶。"这种弘扬真善美中最关键的修炼善根之举，提倡的是"常思奋不顾身，而殉国家之急"的大我真我境界，是与当今时代所强调的精神文明相吻合的，这种理念便使人感到可信可敬可为了。常说人人皆可为圣人，这显然是建立在打掉"假我"、展示真我基础之上的，这无疑是弘扬真善美的表现。对一些"貌似潘安，心如蛇蝎"的人，老百姓往往会看得透、望得穿，会对他们一言以蔽之曰："表面好，烂稻草。"这足以说明群众的眼睛的确是很亮的。那种只会在锈铁上面涂油漆的人，时间便如试金石，迟迟早早都会"锈吃铁"。

其修饰外表并不费时，比如女人的涂脂抹粉时装打扮，顶多花上个把小时，就变得很亮丽了。而内质的修炼，真是一种活到老，学到老的功课，没有几十年的功夫，怕是难成正果的。道大心胸阔，才高胆气雄。从速摒弃假我，孜孜锤炼内质，久久获取学养，修得高尚善心，这才是光明大道。这个过程说不上脱胎换骨、洗心革面，谈不上西天取经那般艰辛，但总得读书修为，总要敛神破壁。因为前方分明写着：用心去锤炼，用毅力去修炼。

相　声

　　人总是爱尝美食美味的，有些百年老店做出来的食品，就因经过岁月的洗礼与大众的检验，显得味纯味正。而有些个靠炒作起家的名菜名点，不客气说，虽然有金字招牌罩着，但吃着吃着便难免让人觉得有些"盛名之下，其实难副"的另类滋味。是不是因为光顾者多，差一点照样活抢活夺？反正这就怪不得人们如"九斤老太"一样唠叨了。

　　味道不纯，会叫人倒胃口。食物是这样，品尝"精神食粮"也莫不如此，就说被侯宝林先生誉为"笑的艺术"的相声吧，精彩的片段、风趣的对白，熔高雅与诙谐于一炉，集寓意和幽默于一体，常常会使得"台上台下呵成一起"。至于那意思是针砭时弊、鼎新革故也好，是忍俊沉吟、陶冶性情也行，是嘲讽世事、激浊扬清也罢，是不必赘述的。就我孤陋寡闻且"眼见为实"的几次听相声的情况而言，如今的一些相声，除了有仿声、仿人的俗套外，也有"走味""变味"的地方。有的表演不仅硬塞进一些庸俗的笑料，甚至还出口成"脏"，差不多使相声遭受一片充耳的骂声。把真切深刻的含义作弄了，将意赅活泼的幽默湮没了，硬生生地把这种讽刺的艺术弄成了艺术的讽刺。这，恰是当前相声艺术的悲之所在。

既然相声是一门为群众喜闻乐见的语言艺术，其遣词造句就应该是文明的。虽然它的表演形式可以"嬉笑怒骂，皆成文章"，但是弄得"泼妇骂街"的样子就不成体统了。"瘙痒不着赞何益，入木三分骂亦精。"这种骂就往往比赞美还显得高级了。《三国演义》第九十三回"武乡侯骂死王朗"，诸葛孔明所演绎的那种精到的骂，就很有些艺术味。总之，相声作为春秋时就有了雏型的传统艺术品种，靠仿声和骂声去逗趣插科，那无疑会是一条庸俗的死胡同。这个艺术品种无论怎么改革变化，但开"口"有益，应是必要的前提。

第二辑　且走且行

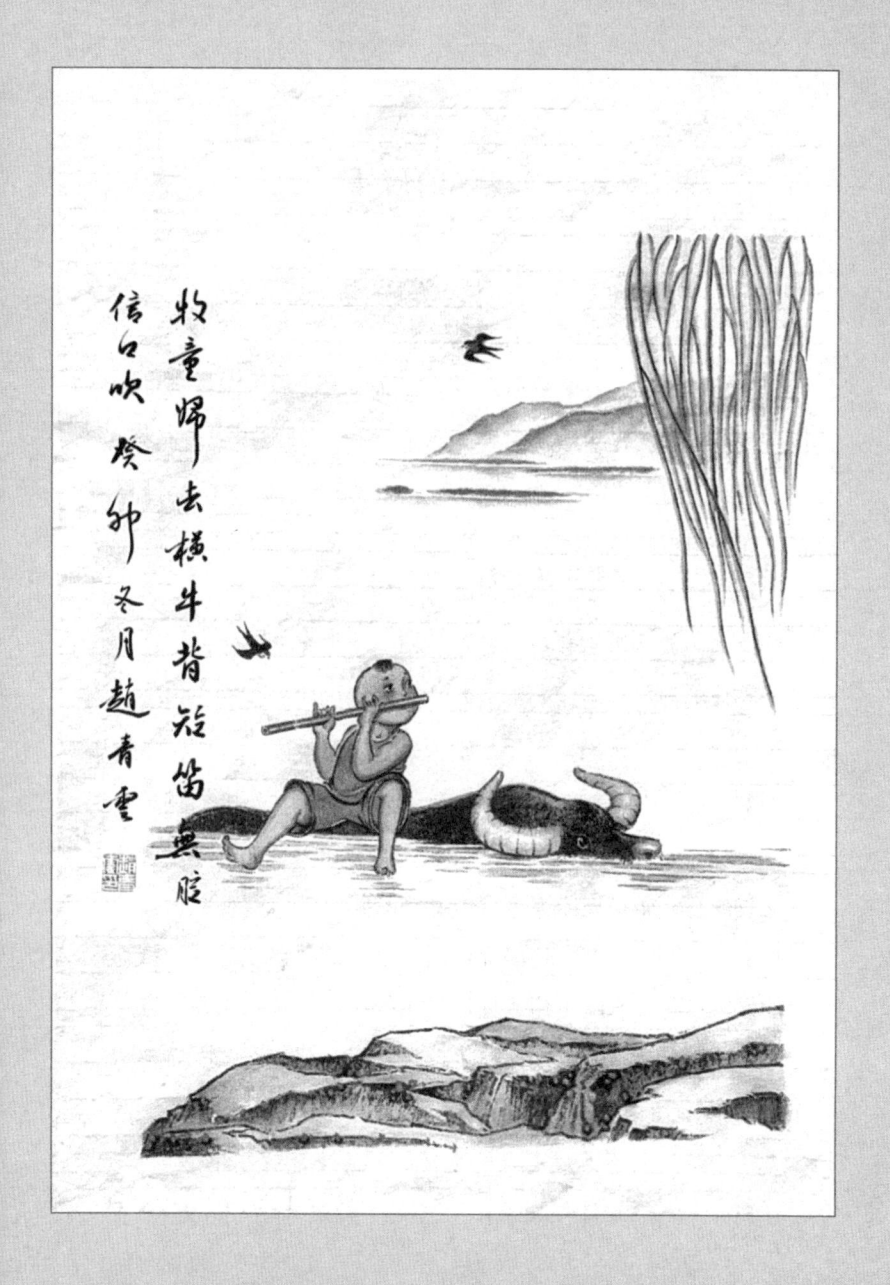

牧童归去横牛背 短笛无腔信口吹 癸卯冬月赵青云

"我"的轻重

现实生活是一枚多棱镜,可照见某类人的特殊眼疾。他们往往是一叶障目,难见泰山。在他们心目中,看自己"沉鱼落雁,闭月羞花"处处都美,瞧别人"东施效颦,嫫母搽粉"样样不行。如此自我感觉良好之下,往往是别人都不如"我","我"比别人样样好。

这类人在"唯有我行"与"只有我能"的思想支配下,最易戴上有色眼镜对周围的人做出偏心于自己的比较,一比之下,倒也真的觉得自己是能人高手,别人在能力上不如"我",在处事上不如"我"。且这样的自我感觉还在不断延伸,诸如智慧、魄力、勤政、业绩等等,反正一句话,人家就是不如"我"。殊不知这种比较,是在显微镜下看他人的缺陷,于放大镜中瞧自身的优点。而所谓的标准,是自说自话自己定的。也就是说,量别人用的是钢皮尺,一丝不苟,量自己用的是牛皮筋,松紧随意。如此这般,就会有意无意地习惯于抬高自己,踩低别人,热衷于争个你高我低。

想来这类人还不及古人的胸怀。刘邦率起义军推翻了秦朝,登基时他这样说过:"夫运筹帷幄之中,决胜千里之外,吾不如子房;镇国家,抚百姓,给饷馈,不绝粮道,吾不如萧何;连百万之众,战必胜,攻必取,吾不如韩信……"唐太宗李世民也说过:我文不如魏征,武不如瓦岗寨的弟兄。这唐宗汉祖算是明白人,能真切地说出"我不如",实属难能可贵。20世纪20年代,瞿秋白先后任中共政治局常委、宣传部长和党中央总书记,他曾发自肺腑地多次说道:"搞农运,我不如彭湃、毛泽东;搞工运,我不如苏兆征、邓中夏;论军事,我不如贺龙、叶挺。"与这番情真意切的话有异曲同工之妙的是,毛泽东也说:"搞经济陈云比我强,指挥打仗我比陈云强。你这方面比他那方面强,中央领导各有侧重,就形成了全面的领导。"

人各有能与不能,但千万不能认定自己样样能、别人件件不能。我们应学会看到别人的长处。事实上,人都有自己所拥有的某个方面的优势或优点的,李逵有陆战之猛,张顺有潜水之能,孔明有退敌之策,赵云有破阵之勇。你有屠龙之术、杀虎之力,他有开山之功、过河之技。只有看到别人之长,才能看到自己的不足,真正感到"我"有不如人家之处,解决好这"我"的轻重问题,从而接纳别人,主动伸手形成合力,同心同德干实事,群策群力创新业。反之,势必不利于团结,不利于开拓进取。

变通也是能力

去年仲春,同学聚会。席间,一位"劳模"同学的创业史成了美谈。当年,在不少人纷纷去考大学时,这位成绩中等的同学却选择去工厂专攻水电安装。待到那些同学铩羽而归时,这位同学已把事业搞得红红火火了。在交谈中,这位创业有成的同学倒是谦虚,表明自己"深知不是读大学的料,就知难而退,另辟蹊径了"。

好一个知难而退!换个角度看,这显然是一种明智的退,是一种科学的退。记得前些时候,在《我贫穷 我奋斗》一书中读到这样一个故事:19世纪中叶,不少人听说美国加州有金矿,纷纷前去淘金。17岁的小农夫亚默尔也加入到了淘金者的队伍中。然而,加州气候干燥,水源奇缺,不少人被饥渴折磨得半死。于是许多人在抱怨中"许愿":谁要是给我一壶水喝,我就给他一枚金币。而亚默尔则想,论淘金,我肯定弄不过这些强悍的人,不过这里不是缺水吗?那就……他悄然退出了淘金队伍,开始挖渠引水,过滤为饮用水装桶销售,卖给山谷里的那些淘金者。结果,当许多淘金者空手而归的时候,他却靠卖水获得了可观的收入。

　　干任何事情，就怕盲目，就怕找不到制高点。凡事都存在突破口，但不是任何人都能够找到。如果说挑战是对生命之光的发扬，是人类对事物的宣战，那么明智该是另一种美好的境界，是对生命的敬畏和尊敬。而不少成功的事例往往与改变思维定势、讲究科学方法有着密切关联。

　　人生在世，适时的一次拐弯也未必不光明。面对生活，面临挑战，怀揣一个理智和明智的坐标上路，很有必要。生活中的不少事，是需要尽力而为的，但也必须量力而行。总是不自量力，感觉永远良好，总想蚂蚁撼树或蛇吞大象，往往会凭空多出些严酷的生活教训。心中明白自己有几斤几两，要有自知之明，能督促我们不懈努力地向前，又能提醒我们恰到好处地停步。

　　"向前三步想一想，退后三步思一思。"一个人能不断地走向高峰，走向开阔，在理想上应是志存高远的。但有时候未碰鼻子就拐弯，也是一种智慧的选择。成功与失败同时开始，坚持与放弃各有意味。在通向成功的道路上，我们也应当适时适当地采取以退为进的办法，以一种睿智，以一种谋略，去积极进取。可以这样说，如果一味地钻牛角尖，闯死胡同，其结果可想而知。退一步再进，碰鼻头拐弯，也是一种成熟和修养，是一种眼光和境界。

钓鱼者说

　　钓鱼这项活动，颇讨不少人喜欢。沉醉其中者，都觉得有一种独乐乐的好滋味，既介于竞技与娱乐之间，又超脱于这两者之上。在具体操作上，钓鱼也并不怎么复杂，无非是以竹为竿、以丝为纶，用蚯蚓、饭团或其他合成物为钓饵，然后像一位深邃的思想者一般，守在江边河畔，只待鱼儿上钩的那一瞬间。说实在的，那一瞬间可说得上是钓鱼者的高光时刻，拿他们平常的话来说，就等于牌桌上麻将"听叫"一样让人振奋。

　　也就是说，钓鱼可非是贪图一盘腥味的"钓"。当然，从表面上看，钓鱼是闲适，是娱情，是修身养息，是陶冶性情。然究其意义，却有着某种守望和猎取的欲望，且必须是借着消磨而享受。高适诗谓"心无所营守钓矶"，柳宗元的"独钓寒江雪"，差不多就是这个道理。

　　之所以说钓鱼另有一番超脱，是因为钓鱼其实并不局限于那一原始的谋取和娱情。醉翁之意不在酒，钓者之意不在鱼是也。韩信垂钓于淮，钓到了漂母的饭食和日后的功名；严子陵钓于富春江，抛了功名钓了浮名。姜子牙钓于磻溪，使用无饵直钩且离水三尺，终于钓到了周文王，成就了一番事业，这种钓名钓利之术，既有钓功名利禄的，也有君王钓天下英雄的。古代帝皇往往自比文王，也希望有杰出之士前来辅助，于是往往迷信渊泽之畔必有灵蛇，蓑笠之间乃多奇士，因此也多了一些礼贤下士、求贤若渴的事例来。当然，如若天下才人贤达，皆视名利如粪土，守节不出，那恐怕就如清人《垂钓》诗所咏的那般"香饵自香鱼不食，钓竿只好立蜻蜓"！可叹英士豪杰总想"学成文武艺，货于帝王家"，终身"生事且弥漫，愿为持竿叟"的毕竟凤毛麟角。连李白这位吟过"天子呼来不上船，自称臣是酒中仙"的浪漫诗人，也表达了垂钓绿柳畔，心在庙堂上之愿——"闲来垂钓碧溪上，忽复乘舟梦日边"。至于某些文人热望的"帝乡明日到，犹其梦渔樵"之作，则往往又是虚伪的心在江湖，心存魏阙之作。有的则以钓喻人似退隐，实是讨价还价、以退为进的假清高，这分明是把钓术、权术一并当魔术了。因此这又使我们看到，钓术、隐术之中，往往还有人生算术、暗窥权术。

法　度

　　千里之行，始于足下。无论工作或学艺，首先要依照一定的"法度"去运作。这个"法度"，就是书本知识，就是前人经验。学烹调时，对于火候或配料等，多少要记得一些；学裁缝时，对于剪裁或款式，也要知道个一二。但是到了后来，总还是捧着一本书不放，凡事依旧局限于对照，动辄要搬本本，那就说明你没有破壁而出，跃出"龙门"。

　　同理，学书法者，要持之以恒临帖，然久而久之，就要自由发挥，自成一体，自成一家了。练拳习武要"拳不离手"，要按武师指引练习，要看拳书刻意模仿。真正的好手，因技艺日臻其熟，往往一招一式并无痕迹，进入了无技巧状态，却能"拳打卧牛之地"。武林高手，江湖剑客，其高超之处，不仅使得十八般武艺绝技在身，常常还以笛、琴、扇、书作兵器，有的身手如灵蛇蛟龙，树叶枯枝皆能为我所用了。当然，关于武林的这些描述，大都出于文人的虚幻之笔，不过也恰好从另一角度告知人生的深远境界。

　　这世上的灵智者、悟透者，往往经历了王国维所说的"三种境界"，书籍越读越薄，文章越写越活，都变成自己的了。"冗繁削尽留清瘦，画到生时是熟时。"这个"生"是质朴、率真之美，是艺术由巧成拙，返璞归真的成熟，是艺高炉火纯青，扫除匠气的境界。古人很明智，他们早就号召："要将有法变没法，须得今人胜古人。"所谓艺高人胆大，从而变得"没法"、变得无技巧，这才是真正的大气。这个"没法"乃是将许许多多"法"变成自己血液中的东西。而后自成一家的结晶，恰有大象无形、大音希声之妙。

春秋看花事，淡极始知花更艳，幽香才觉真国色。这也算得上是一种大美。而"删繁就简三秋树，领异标新二月花"，同样也经历了繁华烂漫而后的一种真美。再回首，街头看打扮，有的女人衣着打扮就爱重重叠叠，整个儿花花绿绿；有的女人则喜欢简单，素雅大方。前者显出乡气味花骚味，后者则有"扫除腻粉呈风骨，褪却红衣学淡装"的清纯雅致。我想，凡事运用之妙，存乎一心。这其中就必然存在着得法不得法的问题了。

放弃也是一门艺术

弃子是围棋术语，也是双方博弈中经常出现的一种战术。但在我们的人生征途中，却少见有人将此战术活学活用。

人生征途中，为了生存或求取成功，负重前行都是难免的。但有的人总是走得跟跟跄跄，这是为何？他的担子中分明放着太多的恩怨与沉重的名利。

无论是恩怨也好，名利也罢，我们是不是应该放弃一些呢？在人生漫漫征途上，虽然你中过别人的暗箭，体验过小人的绊脚，但不少时候还得忍痛拔下。当务之急，还是匆匆赶路要紧！武林中人说，心有杂思，神被困扰，难以敛气，终究会败阵。名人名言讲，宽容是人类性情的空间，是一种无声的教育。"名随市人隐，德与佳木长。"在不少时候，我们真的需要放弃恩怨，放弃名望私利。

学会放弃，就得明白一些事理。人人从自己的哭声中走来，从别人的哭声中走去。何必你斗我杀，大战不止呢？"人生到处何所似，应似飞鸿踏雪泥。"无论名人凡人都只短短一生，区区一世，纵有再多的财富，也只是日吃不过三餐饭，夜睡不过五尺床,弱水三千只能取一瓢饮,粮山千座只能食几碗饭。

放弃当然要有胸怀,也要做出牺牲。《唐人笔记》中有个赶车的刘颇,某日赶车途中见前方堵得厉害,挤过去一看,原来是山口被一辆装满瓦罐的车子挡住了,刘颇就问:"车上的瓦罐值多少钱?"答曰:"七八千。"刘颇旋即付了钱,令人将这些瓶瓶罐罐推于崖下,车子一轻,便得以通过了。刘颇的这种"放弃"换来了道路的畅通,值得我们深思。安徽的桐城市不是有条"六尺巷"吗?只因为康熙年间官至礼部尚书的张英,因家中为修墙事来书,即以诗代信回复:"千里修书只为墙,让他三尺又何妨。长城万里今犹在,不见当年秦始皇。"家人遵嘱立即让出三尺,结果对方也让了三尺,终成一段佳话。这种放弃体现的是胸怀。

人生犹如打仗,需要毅然决然地丢掉那些辎重和包袱,轻装上阵。在许多时候,我们不学会丢弃或放弃,往往会纠缠于无休止的琐事之泥潭而不能自拔。有一幅漫画,画的是一个跋涉山道的旅人,正倾倒鞋中的砂石,旁白是"使你疲倦的往往并不是远方的高山,而是鞋子里的一粒砂石"。要阔步前进,我们需要放弃很多。在不恃强、不怙势、宠辱之不惊的心态下,放弃那些有累身心的纠缠,那些虚情和假意,那些仇视和报复,还要放弃对权力的角逐,对金钱的贪欲,对虚名的争夺……凡是次要的、枝节的、多余的,该放弃的都放弃吧,这样你才会快乐做人,才会树立更新的形象,赢得更多的信任,得到更多的轻松,获取更大的能量……

嚼舌头的危害

人体的所有器官里，要论活泼与顽皮，想来非舌头莫属了。如今不说这家伙在吃吃喝喝之中显得刁蛮，会感到山珍海味不鲜，或在咸淡之间肆意挑剔；其在语言表达上，确切地说在某些脑袋的支配下，躲在嘴巴里头作一翻一滚伸缩有余状，却是能说得白鲞会游，虾皮会跳，那是肯定要闯祸的。

大概是对这种景象洞若观火，或者是深受其害，不少名人往往都会心往一处想，写下了不少管住舌头的警世恒言。你的舌头就像一匹快马，它奔得太快，会把力气也奔完了——这是莎士比亚的谆谆告诫。能管住自己的舌头是最好的美德——印度古代哲学家白德巴倒是严肃，"上纲上线"到了这个高度。而翻阅我国古代的家书，发现其语言更是惊人："君子以言行，小人以舌行。"由此可见，我们作为凡间俗人，管住舌头是何其重要。

生活中，舌头的功能何在？《辞海》中说得明明白白，一是感受味道，二是表达语言。从表达语言来说，灵活是舌头的特长，是好事。如今有许多电视上的辩论节目，演说家说起来都是口若悬河，滔滔不绝，妙语连珠，这让人是何其羡慕。但是人的舌头应该有条准绳，即"从心所欲，不逾矩"。如果你放纵起来，张开嘴巴任其游荡，一闲之下，乱说一通、瞎掰一气，便会成为"嚼舌头""臭嘴巴""长舌妇"。

说一个人的嘴巴乱跑火车，其实真正的原因是舌头在作怪。因为嘴巴是管不住舌头的长短的，只能由大脑来控制。乱跑火车的临床表现是：无中生有，添油加醋，搬弄是非，以假乱真。而惯于"嚼舌头"的人，往往是出于嫉妒，看到别人比我强，别人日子过得比我好，于是那股子肮脏气，便在鸡肚肠里发酵作怪，恶言恶语便会像流弹一样迸发。

"嚼舌头"的危害性不可低估，常常会搞得市井喧嚣，人心散漫。这可不是你仅凭一句"走自己的路，让人家去说吧"能解决问题的。而舌头底下压死人的事情也绝不是危言耸听。如果还把这种损人牙眼的事当作一种口才很好的表现，一种交际的吐露，那真是太可鄙了，太愚蠢了。据说有人曾问爱因斯坦，人应该怎样生活。爱因斯坦说"$A=X+Y+Z$"，并解释道：A代表生活，X是工作，Y适当娱乐。"那么Z呢？"那人继续问，爱因斯坦便说："Z就是常常闭拢你的嘴！"看来，要根除"嚼舌头"，爱翁的方法还是有些管用的。

静的内涵

每逢周末，只要有空，我就会去公园溜达一下，也在晨练的地方转悠一下。练气功和打太极的那一块地上，总听得武师在反反复复地教导学生：要放松，要入静，要心无杂念，要以静制动。所有这些，虽然有些絮絮叨叨的样子，但倘若细思一下，倒也有一些感悟。

静如处子，动如脱兔。兵法上的这两句话，我也常作文运用。可"入静"两字，实际操作起来，往往有如空中飞鸿、陆上走猿，叫人觉得有些难。只有"腹有诗书气自华"的人，只有"搜尽奇峰当腹稿"的人，才有可能做得到。而生活中的许多事情不能让人静下来。

静也是让人胆寒的。勾践因为有了十年磨一剑的静心，才有复仇成功而重振山河的辉煌。董仲舒因为有了"三年不窥园"的静修，才有做得真学问的成就。在后人看来，他们要有多大的毅力，多大的修为啊！其实，史上许许多多的人杰，无不独自在静心中修炼成功，他们无不在静似太古、心怀邈远中进入自由世界，一遂凌云之志。每逢大事有静气，将军对敌夜敲棋，这是属于那些伟人的荣耀。我们虽然做的是琐烦小事，但也越来越渴望属于自己的静谧。有了这份静气，就可能有面世的大气，还有处世的文气和秀气。

大凡真正的读书人，钟情事业的创造者，差不多都不屑忙忙碌碌的"上午轮子转，中午杯子转。下午骰子转，晚上裙子转"。就我而言，也独爱读书之静，写作之静，那是一方宁静的世界，我艰辛并快乐着，如一位拾穗的孩童，收获孤独之静。一篇好文章，几句警策语，使人纯净，让心满足。人事沉浮三杯酒，岁月匆忙一局棋。但我们大可珍惜光阴，在静之中索取力量和智慧，索取人生的希望和向往。

读书望见深山，入静置身净土。但要达到静心的境界，须得学会放弃，放弃一切枝节的、毫无用处的东西，还要放弃一切无足轻重、有些沉重的名利。《雷锋偈》中有云："急如蚁，乱如蜂，忙忙碌碌一场空。"其中的意思无疑值得我们静心静气地想一想，这人生的一个"静"字，是如何恰到好处地体现到我们的工作与生活中的。

静可取胜

商业社会的铺设，消费阵容的壮大，使物质实利"嚣张"起来。空谷幽兰，实在抵挡不住法国的香水袭击，奔驰车、宝马车竟比自行车潇洒。大势便是这么肆无忌惮地走定了，任是什么人，都不能左右得了的。然而这种大浪淘沙，反复的洗涤，只会使智者更坚定也更纯粹。

人在世上走，谁不想走得潇洒？但我以为要潇洒，须具备志气。这是第一气概。而志向既定，目标的实现、彼岸的抵达，没有一种勇气不中，没有一股士气不行，没有一点豪气和胆气亦不可，然则没有一份静气也往往不成。抱朴才能守初心，宁静方能致高远。

任何时候，不管世界如何喧嚣，总有那么一些有抱负、静如松的智者，闹中求静而不趋附，始终处于一种冷静的境界，执着地开辟出一条可供思想独立行走的路途。故而以为，执着地追求进取，做点学问，哪怕是长途跋涉，方可显出大浪过后沙滩上坚实的脚印，方可在寒冬中闻到春天的花香，并在飞雪里吟出五月的诗篇，于蝉的噪声中感受秋林之静，如此，才会拥有清醒的洞察和坚定的理智。

　　保持一份静谧，保留一种静态，是做事情的前提和要素。需要在喧嚣和鼓噪中入静，远离泥淖和酱缸，远离酒色和财气。为人简且静，涉艺博又精。我们大可静心静气学读书，进入到一方静谧的世界。我们大可静心静气地进入自然景致：春山的空寂，天籁的风光，大可涤荡胸襟，纯净慧眼，可让红心赤胆沉浸于山山水水的陶冶之中。我们还可以静心静气地坦诚以对朋友和同事。我们还可以静心静气地去采撷闹中之静，虽然在我们周围宁静少，但只要有心便有一片绿洲。我们还可以去收获孤独之静，一本好书、几卷心语、一篇妙文、几句警言，也可使人纯净，令人满足。

　　向静索取力量和智慧，获取人生的希望和信念，不会如在波平如镜的西湖泛舟、在桃杨相映的苏堤漫步那么轻松。进入静的境界，仿佛投入炼狱中去锻炼，要抛弃杂念，更有打掉私心的痛苦。既求静，须得学会放弃，看破看淡一切无足轻重，置于身外的名利俗物。

　　吐新的萌芽，破土的壮苗，及后长成的参天大树、栋梁之材，无不是在静心的温床上孕育种子，在静气的怀抱中吸纳营养。静心静气是人类灵魂的精气神，是创造世界的搏动力。让我们与静相伴，与静同行，在安静平静淡静恬静中，让灿烂的生命之花结出丰硕的果实。

看 客

看客是什么？在《药》这篇文章里，鲁迅是这样描述的："领颈都伸得很长，仿佛许多鸭，被无形的手捏住了似的，向上提着。"是的，这就是看客，他们就生活在我们当中，甚至也可以这么说，在某个时间点上我们自己也是看客。

现如今，无所不在的网络也给无所不在的看客营造了更为广阔的空间。前不久的一段视频，就可以用一句"窥一斑而知全豹"为"看客"一词再做个诠释。一对青春男女在一个不足2平方米的试衣间里，演了一出激情大戏。短短一分钟，这件事便引爆了网络。随着事件持续发酵，各路人马或确切地说就是看客，纷纷登场亮相，于是一场更大规模的"演出"便在更大的舞台上吸引了成千上万的眼球。在微信、微博、QQ等网络媒介上，你可以浏览，可以转发，也可以发表看客"宣言"，甚至还可以在原视频的基础上自我编导新作。这繁星点点的大半夜，想想挺壮观的，两小时不到，在大伙儿的齐心协力下，点击量竟然破亿。

当然，看客也有等级档次区分。"普通看客"虽说也通宵达旦在网络里漫无边际地游荡，一有新鲜资讯就蜂拥而上，但大都喜欢做一个安静看客，不愿意也懒得发言评论，最多也就是收藏并转发。而"高级看客"就有其"高级"之处了，对他们而言，平静才是最可怕的。他们可以伪造当事人的微信，可以自称是这对青春男女的友人，喜欢"仗义执言、不平则鸣"。他们最大的"优点"是总能透过现象看"本质"，善于剖析也善于凭剖析而下结论，他们最喜欢拉上大公司、名人、政府机关等，只要能制造出舆论，瞅准合适的讨伐对象才是流量的源头所在，即使是噪声也是能让人兴奋不已的。

这些看客，不论什么事件，从不去探究事实真相，即便知道也大多选择罔顾歪曲。他们擅长利用破碎孤立的事实，编造似是而非的理由和依据。他们没有原则和观点，或者说最大的原则就是跟事实对着干，你说东他说西，你说一他说二，且大都言之凿凿，一副语不惊人死不休的模样。这些人，看那股认真的模样儿，似乎也是挺负责任的。他们不求回报、自带干粮，就为所谓的"正义"和"真相"，但他们过度情绪化的表达往往夹着散播不实消息、传导负面情绪等不良行为，理应受到合理限制和约束。

近年来，随着国家大力整治网络违法行为，净化网络环境，那些直接的人身攻击、人肉搜索似乎有点儿偃旗息鼓了，但隐藏在人们心中的戾气和躁动仍然是一触即发。再回到那段视频的话题，在视频公布后，显然是由于对当事人身份的好奇，一些网民又发起了"人肉"当事人的行动，这种行为可以理解却无法让人接受。须知，每一个人都有用任何形式记录自己私密生活体验的权利，无论是文字、照片、声音还是视频。且不说尚无证据显示是当事人在该事件扮演何种角色,目前来说也可能是受害者,即便是主动传播视频,其过错也应由相应的机构部门做出合适的判罚。在万民狂欢的背后,是公民个人权利的渺小和脆弱。

以铜为镜,可以正衣冠;以心为镜,可以正言行。试衣间里那面镜子,不仅映照出了男女激情,恰也试出了国民的心态和素质。面对生活中更多的试衣间之类的事件,无论是"普通看客"还是"高级看客",我们都应该照一照心镜,扪心自问:自己的言行是否得体。

宽 容

街头闹市熙熙攘攘，难免有些磕碰。你走神了，不小心碰了人家，最适宜的做法就是及时地道一声"不好意思"。别人也都会大度地报以一笑，其话外音便是"没关系!"如此，淡了云烟，依然彩虹。

生活中琐碎细微的摩擦，常教给我们做人的道理。人之相处，要讲点宽容。我们会说，宽容是人类情感中重要的一部分，这种情感，能融化心头的冰雪，驱散眉宇的阴翳。我们会讲，宽容是一种无声的教育，最终可迫使伤害你的人走向道德的法庭。宽容是人类性情的空间，给别人留一些余地，你自己将得到一片蓝天。给别人留一点后路，自己才会有更宽阔的路途。我敬佩一位师长所说的话，无以为本，唯诚与善。其实这就是他做人最大的本钱，是宽容最好的注脚。无私功自高，不矜威益重。好多事情正是在于平常之处见得不平常。

记得《小说月报》上曾刊登一篇《小人不可得罪》的小说，文中所揭示的人事我就不敢恭维，对那种拿人家人格当玩具搞的人，还标榜"和谐"，这也未免大迂太蠢了。这有如宋襄公的战法，到头来只有自己倒霉。我也曾洒墨作文，表示对那种近君子远小人的说法感到太敦厚了。你远了小人，他还会打一枪换一个地方，继续作恶使坏。我以为"治小人，敬君子"为一剂好药。只有切实治一治，才会有效。被小人迷得神魂颠倒，那是迟早要败事坏事的。

吃些亏处原无碍，退让三分也无妨。对于宽容之道，寒山与舍得两老僧说得透彻。寒山问："世间有人打我、骂我、辱我、欺我、吓我、骗我、谤我、轻我、非笑我，以及不堪我、如何处置乎？"舍得对曰："只是忍他、敬他、畏他、避他、让他、谦逊他、莫睬他、一味由他、不要理他，再待几年，你且看他。"这一番话，算是宽容得很，对小事、个人之事，倒可以拿来一用。

人生需要宽容，但并不是不加分析地一律宽容，一味纵容，否则会导致一些人的良心泯灭，精神沦丧，意志麻木。

第二辑 且走且行

浪子必有回头路

我一个朋友的儿子，聪明伶俐，好端端的一个人两年前因赌博成性，因赌资而大打出手，后被送去劳教。出来后，他便换了一个人似的，每天神情沮丧、无精打采。只弄得我这位朋友逢人便言：一失足成千古恨，再回首是百年身，他这辈子算是完了。

我听了他这番话，倒是不以为然。我们常说，浪子回头金不换。这话出自清代的一个典故，说是一个叫吴庞的人，挥霍无度沦落后，重新振作，又振家立业的故事。而眼前，要使这位浪子"金不换"，首先就得要迷途知返，痛改前非，革面洗心，加倍地以"心血换"，通过自己的努力，弃旧图新成为一个新人。

古书说，凡尘世者，或多或少都会犯一些错误。纵观周边的现实，有的青少年不慎走上了歧路，这其中有他本人的原因，也有社会和家庭的原因。对此，我们只要及时亡羊补牢，重新书写人生，同样可以描绘出令人耳目一新的图画。

有一幅小鸟葫芦图的国画，是著名画家黄幻吾的精心之作。但这里有个小插曲，在作者兴起勃发泼墨作画时，不慎将几滴浓墨散落在了纸上。旁观者见状，要换去宣纸。对此黄幻吾稍一寻思便挥毫画了下去。结果，滴下的浓墨成了几只栩栩如生的葫芦，一旁几只小鸟款款而鸣，一幅大自然充满勃勃生气的写意跃然纸上，真可谓是"愿乞画家新意向，只研朱墨作青山"。

作画如此，做人也该这样。写过"春潮带雨晚来急，野渡无人舟自横"这千古绝唱的韦应物，在23岁前是一个酗酒闹事、赌博狎妓的无赖泼皮。安史之乱后，他深感应作一个有作为之人，于是他"大丈夫立言，一言既出，驷马难追"，不但一改过去的恶习，更是埋头发奋读书，他此后创作的不少诗可以说是写出了民众的疾苦，他也从此令人刮目相看，成了一位有用之才。

有感于此，我觉得今天有志于回头奋起的浪子，不应长吁短叹，不要怨天尤人。要想浪子回头金不换，抱怨是无济于事的，只有自己来一番脱胎换骨、革故鼎新的改造和变化。当然，众人伸出援助之手，拉一把，帮一下，也是十分必要的。共帮共教共努力，何愁浪子不回头！

朋 友

人生在世，少不了朋友的帮衬。一个没有朋友的人必定是寂寞的，甚至性格也会变得孤僻。人是群居动物，你看那个叫鲁滨孙的人漂流到一个无名荒岛上，孤独得比死亡还要痛苦，但上帝也最终有所安排，让他交了一个名叫星期五的朋友。

"朋友"，极崇高的字眼，如今却成一个泛滥之词，泛滥得如同"爱情""同志"等变得让人捉摸不透。我们借钱时才发现朋友是多么少，落难时才感到知音是多么难求。因此，文人们会说：人生得一知己足矣！

识遍天下人，知音有几人？生活中，因为学识、见识、性格及认知上的差异，有些人即使与你走得再近，却很难促膝交流，注定无法成为朋友。而另外有些人，虽然很少交流，却是满心欢喜，因为彼此都知道是一类人。说到底，真正的朋友应该就是知音的代名词，与金子般的情谊同义，知己知彼，心照不宣。这种朋友以真情为基础，以岁月为基石，筑起信任和忠诚的大厦。现实中有的人之所以滥交朋友，无非是以为朋友越多，在社会上就越能吃得开。而实际上，朋友倒有点儿像竹笋一样，需要去掉一些，竹林才能长得旺盛。

　　人的一生，如果能交得好朋友，应是莫大的幸福。精简朋友，就是说朋友要少而精，对那些别有用心总在算计他人的朋友还是早早地删除为佳，因为这样的人可能是个定时炸弹，何时爆发不得而知。曹植诗曰："利剑不在掌，结友何须多。"要我看，即使利剑在掌，也要慎交友。有的人口口声声说朋友多，路子广，其实真正的朋友恐怕一个也没有。因为好朋友是埋在心里的，是一辈子的。如今生活中还出现了不少打引号的朋友，他们利益放头上，信誉放一旁，当面拍胸脯，背后撑屁股。

　　大凡珍贵的东西，难免就会生出假冒伪劣来。朋友也一样，虚假的友谊会披着华丽的外衣，在生活中大跳假面舞。一个人稍有不慎，便会有眼无珠，被小人之交和势利之交的朋友牵着走。名人有言：道义之交是纯洁的，利益之交虽然给人以恩惠，其目的总是以利为主。正如猎人给禽兽的食物一样，他并不是施恩而是意在取利。在一定意义上，交朋友也是选择命运。

　　交朋友是一个大浪淘沙的过程，世路茫茫，知音几何！交朋友还是精益求精的好。互相利用的朋友，即使有一整列火车之多，还不如几个肝胆相照的朋友。

第二辑　且走且行

热情有度

如果说，大自然中只有黑暗和寒冷，而缺少太阳的光和热，那么我们的这个地球，肯定还只是一颗属于不毛之地的行星。如果说，在生活中只有秋风扫落叶的冷峻，只有北风伴飞雪的严酷，而缺少热情和友爱，那么人们对这个世界肯定是很难有什么留恋之情的。如果说，豆蔻年华的女子，尽管有着闭月羞花之容，沉鱼落雁之貌，而她的心是冷酷的，那么这样的"冷美人"也只会让人敬而远之，甚至是望而生畏。

"你的热情好像一把火，燃烧了整个沙漠……"这是一首老歌，但因旋律的奔放而让人心身畅爽，曾在20世纪90年代红遍了中华大地。人类所独有的热情，正是显示朝气蓬勃的一种精神，是一种饱满和富有激情的力量。俄国作曲家柴可夫斯基说过："友谊和热情，不是血肉的联系，而是情感和精神的相通，是一个人有权利去援助另一个人。"但生活毕竟是多样化、多视角，会像万花筒一样多彩，也会像多棱镜一样多面。热情热心需要玫瑰花，但如同玫瑰花也不能献给任何人一样。热情也要因人而异，热情过了头也会烧毁自己！

在现实生活中，有些人把热情滥用了。有的人总是很多情，只是在网上聊了几句，便"万水千山总是情"，便以为是找到了真正的朋友，于是受骗上当，落得人财两空。路上有人来搭讪几句，恭维一番，便视作"他乡遇故知"，禁不住热火熊熊燃烧起来，结果是一场噩梦，醒来方知上当受骗。这一桩桩、一件件的教训，像警世钟、如清凉剂一样，无不让热情过火的人、理智不清的人反思深省。

一曲"高山流水"，只能弹给知音听。碰到那些庸人、蠢人和不义之人，不妨一摔瑶琴。如对生活中的伪君子和肖小之徒而弹，充其量只会获取几声廉价的掌声。当然，如果因吃过热情换来虚伪的苦头，种下龙种却收获跳蚤的，也不必以受过伤或有过痛为借口，从此心灰意冷，凡事都冷处理了。这样的思维和做法也是失之偏颇的，会把世上好心人都冤枉了，把人心伤了。毕竟，生活的挫折不能折断我们热情的翅膀。何况热情是金子般的美德，真诚的人、赤诚的人、坦诚的人应该永远把它视为灿灿发光的灯塔，刺破黑夜的封锁，照亮着前方的道路。朋友，愿你永远热情，也愿你用好热情。

人生二度梅

青春,谁不曾拥有过?但于我而言,似乎是在不经意中,从生命的秋树上渐渐飘零了。我当然也讴歌过,且十分热烈。我说青春是一张洁白的书笺,好写最美的文字。我说青春是一曲美妙的乐章,扣动过多少人的心弦。我还说过青春是刚出地平线的旭日,是初上柳梢头的皓月。

站在历史的高度看,远在周代中期的酒器上,就有了"春"的金文,意思是草木的颜色。"三月花事好,好学须及早。花开有时落,人生容易老。"清代诗人屈复的《偶作》更是意味深长:"百金买骏马,千金买美人。万金买高爵,何处买青春?"

有些人年纪不大,心境却苍老,很难感受到青春的气息。"有志不在年高,无志空活百岁。"这是青春给我们的活力和动力。或许你可以没有"坦然一条青霄路,扶摇直上冲九天"的气概,但失去了青春的活力,并不等于不可以不可能去开创青春般的事业。而对青春的闪光和绚丽,临渊羡鱼不如退而结网充实。面对青春的焕发和作为,仅仅妒忌不如再创人生的辉煌。只要在秋霜前结好自己的果实,就大可不必在春花面前害羞。你看过迟桂花吗？你赏过二度梅吗？那真是桂子迟发分外香，梅花重放格外艳，因为这是生命拼尽全力的冲刺啊。

有两种人是常葆青春、永驻红颜的：一种是永远充满创造激情的斗士，一种是终日浑浑噩噩的庸人。作为不断进取的人，不仅有真正意义上的青春延续，更有超越自我的事业开拓。

只羡豪情不羡艳，青春鞭策我向前。我们不仅要有年轻人的活力才好，还得向老辈人看齐才对。如今的老年人，全然没有了"高堂明镜悲白发"的伤感，有的是"老树春深更著花"的自信，他们自豪地感到：老年是迟开的花，是不了的情，是陈年的酒，是晚来的爱。在我的接触中，他们的确是甘愿"为霞尚满天"，他们"不用扬鞭自奋蹄"，没有青春的年龄，却有青春的气派。一位资深名大的老画家，常常会在画作落款处题"年方八十六"的墨迹，年"方"者，刚刚也！对生活的热爱，对生命的挚爱，尽在一字之中。有位老报人，书法也写得好，每每落笔题旁白，总用"百岁婴"调侃，以出世的状态书写人生历史，大气魄，高境界。

岁月像一张单程车票。既然已经把我们送到渐渐老去这一站，我们就应该一如既往地走下去。记得年轻时，爱用时光如梭、岁月无情来鞭策自己珍惜大好光阴。或许，我们中间有些人的梦圆了，有些人还在为自己的梦想迈向新的征程。但无论怎样，我们的前面还是一幅耐人寻味、促人追寻的蓝图，依然有绚烂绮丽的风光，我们需要的是多一点青春的朝气和昂扬，多一点干劲和闯劲，甚至还需要多一点老辈人的执着不懈和义无反顾。

第二辑　且走且行

人生亦有三里路

我难忘登临泰山之巅的那一幕。

那一刻，我也由衷地吟起杜甫的那一首壮怀激烈的《望岳》："岱宗夫如何？齐鲁青未了。造化钟神秀，阴阳割昏晓。荡胸生曾云，决眦入归鸟。会当凌绝顶，一览众山小。"诗毕，澎拜豪迈之情也油然而升。

再回想登临泰山的整个过程，内心难免有一种"一山放出一山拦"的感觉。许多游人，为了登顶去领略杜甫的诗意，无不一路气喘一路汗，少有歌声与笑谈。当你缓缓上了中天门后，正感疲乏至极而脚痉气短之时，蓦然望见了一段让人喜出望外的平坦之路，那心情又是何等舒畅。这平坦之路，就是被当地人称之为上天所赐的"快活三里路"。对登攀者来说，这段路恰好是极佳的休憩之处。对于泰山挑夫们来讲，更是一条恢复体力、节省体能的福路，可以得到及时的休息。也就是说，在这特定的环境中，这段路无疑胜过平坦的朝阳大道，赛过通衢的康庄大路。这段路有如夏的清凉、冬天的火，给人以纯真的愉悦，给人以赏心的稍息，尤其给登山跋涉者以醇厚的体味。不知高山险峻，难知平地舒坦，登山人体会最深，跋涉者体验最真。

"一张一弛，文武之道。"生活是攀登之歌，人生是奋进之曲，但也要适时适意适量地奏一些轻松之音。就如同登临这泰山，雄赳赳、气昂昂是必须的，但好多时候也不能不"暂将豪情寄山水"，去学会快活，享受种种快活的"三里路"。这是必要的调整，是适时的补充，也是冲刺前的"加油"，更是为了迎接新的挑战。

当然，凡登攀者，都须有自知之明。要明白这份快活不是仰望天空数白云，可以一劳永逸，可以不再继续往前走。因为过了这"三里路"，后面就是十八盘，就是南天门，那里有更瑰丽的风光。这"三里路"的舒坦，显然是为了让你更好地向上攀登，所谓无限风光在险峰，要的就是你继续努力。如果流连沉湎于快活"三里路"不走，不想继续前进，那么是难以饱尝泰山绝顶的大好无边风光的，是绝不能领略"一览众山小"的邈远意境的。

三昧真火

人生在世，我以为当有"三昧真火"，那就是抓住机遇、戒除懒惰、拥有实力。

显然，机遇不是命运，但机遇是与命运息息相关的。也就是说，一个人对机会的把握，可以左右命运的走向。"事机一失应难再，时乎时乎不我待。"这是古人的谆谆告诫。"如果错过太阳时你流了泪，那么你就要错过群星了。"抓住机遇应当克服懒惰。梁实秋先生写小品文《懒》，一开始便劈头劈脑一句："世上没有一个人是不懒的！"这话虽说有些绝对，但也给人警策：懒惰往往就依附在你身旁。

懒汉是抓不住机遇的。有的人如果励志积蓄力量，可能也会拥有实力，但一懒散，便"落花流水春去也"。人一懒，必然放任自流，蹉跎岁月，错失时机，最终枉入人世。"懒"者，息也！它是事业长进的绊脚石，游手好闲的保护伞，振奋精神的死对头。你若想要抓住机遇，得有"今日事，今日毕""多少事从来急"的只争朝夕精神，得有"几次欲把蓑衣当，或恐明日是阴天"的危机感。

倘若机遇降临，还得要有实力去驾驭。潮水怒涛来了，就得有伏海倒江的"弄潮儿"的本事。许多时候，实力重于机遇，你可能没有机遇，但不能没有实力。有了实力，陶渊明可以"采菊东篱下，悠然见南山"；有了实力，姜子牙敢在渭水无饵直钓、离水三尺钓鱼琅琅而呼"愿者上钩"；有了实力，唐寅可以坦言"闲来写取丹青卖，不使人间造孽钱"。

不过，实力不是权力。权力不是自己的，是受人之托，代大众行使，一旦变成个人的，势必伸手被捉。但有实力的人去行使权力，加上干净干事就会运用自如，不同凡响。平庸的人去行使权力，只会是播下龙种，收获跳蚤，散下黄金，收获狗屎。

实力也替代不了财力。财力或许是实力的一种表征，但本身并不是实力。拥有实力者未必拥有财力，拥有财力者未必拥有实力。

实力归根到底是个人的创造力。创造力不是与生俱来的，需要常常锻造，时时积蓄，方能本身硬得可打铁，怀有绝招可下海。"没有三分三，岂能上梁山"。只有显示实力，又生逢盛世而兴发，时时戒懒而奋发，抓住机遇而勃发。

身边的"叶公"

汉文化可谓博大精深，在文化长河中所积淀的成语，也灿若群星，成了我等人生知识宝库中灿烂的一章。就拿"叶公好龙"来说吧，借一位叶公好假龙、怕真龙的事例，道明了一些人心口不一、言行二致的毛病。举凡而看，这个成语还很切中时弊，因为眼下那些"叶公心态"或"叶公现象"，也绝非少数。

有些人爱写文章来呼唤人们投入到改革的行列中去，字里行间洋洋洒洒，慷慨激昂之情溢于言表。然而，当改革触犯到自己的利益之时，精神状态立马如秋后霜打的茄子一样，其反差之强烈，可用"适才春雷滚滚，顷刻白雪飘飘"来表述。有的人喜欢大谈特谈破除束缚人的旧体制的重要性、必要性和迫切性，但当改革需要自己做出一些牺牲、忍耐一些阵痛的时候，当初那股豪情可薄云天的气概，马上跑到爪哇国去了。有的人在台上作报告，朗朗而呼"解放思想，开拓进取"；在当别人真的有创新之举，递上改革方案之时，他们不是推三阻四，就是用一句"你看着办吧"来搪塞。还有的人对公开办事制度口口声声说拥护，滔滔不绝讲赞成，但真的要涉及部门单位放权简政时，又怕权力旁落,内心失落。所有这些,莫不都是"叶公心态"在现实世界的毕现。

其实,叶公的传人,从古至今,从内到外,代代有之。读《水浒传》,见当年宋江在浔阳楼的墙壁上题的反诗,"他时若遂凌云志,敢笑黄巢不丈夫",待到宋江上了梁山聚了义,兵强马壮有了108员大将时,他就念念不忘招安,时时想要官位。俄国诗人叶赛宁曾热情讴歌革命,然革命毕竟不是莫斯科郊外的晚上那般浪漫,结果是大革命一爆发,叶赛宁竟然弃革命而去,躲进了他的安乐窝。今天的"叶公"们,虽然没有这般冰炭之别,但心里想的和表面做的不一致,前面讲的和后面讲的也不一样,这未免有些自欺欺人。

"叶公好龙"式的做法,就是文过饰非,就是言行不一,有悖于"不唯上,不唯书"的求实崇实之风。《叶公好龙》的作者刘向说,叶公之所以爱龙又怕龙,乃是只爱假龙,而非真龙也。把话题转向今天,如果我们对改革缺乏全面的认识,或者一叶障目,只是站在个人利益的角度看待改革,那就会陷入叶公式的怪圈,往往就会想改革,盼改革,改革来了怕改革。而这是与我们一贯倡导的实事求是、求真务实之风格格不入的,也是与我们肩负的历史使命和新时代的要求背道而驰的。

身后评

官场某友，与我时有茶聊。某日跟我谈及不久前所遇的真人真事，可算是一件让人在哭笑不得之间又引发深思的事。

那是一场追悼会，一位局级干部的追悼会。悼词对逝者的评价甚高，不但用了"廉洁奉公""克勤克俭"，甚至连"一轮明月，两袖清风"都用上了。但对照其身前的所作所为，全然是风马牛不相及的，因此有人禁不住在肃静的大厅上掩嘴嗤鼻，哑然失笑。

俗言死者为大。"生者为过客，死者为归人。"对于死者，通常都应是持宽恕态度的。所以追悼会上的笑，哪怕是一丝儿的笑，都是不合时宜的。人已作古，乘鹤而归。曾有嫌隙也好，曾为劲敌也罢，似都不容半点不恭敬。

不过人生素有盖棺论定之说。人死之日，最终已是为其作小结的时候。以死而宽恕无边，当然不行。"你的档案在别人心中"，这是最客观的了。对逝者本人而言，凡事还得在活着的时候把握。活着总要做点力所能及的事，起码要做些对得起父母，对得起社会，对得起良心的事。"三年归报楚王仇"的伍子胥，对仇家掘坟鞭尸，似乎有点过分。但死者在位时的残暴确实也是耸人听闻的。抛开古人的恩怨不说，拿今天的事情来讲，我们还是需要讲些道德和人格的。

己所不欲，勿施于人。如果总是霸道地专照别人，总是用放大镜寻找别人的缺点，而自己总是站在哈哈镜前变换各种嘴脸，唬上糊下，而且利用权力爱财贪色，那么有朝一日，人们在缓步走过灵堂的时候，怎么会肃然起敬？人们在心里发出的冷笑耻笑也就见怪不怪了！

诗人臧克家的名句可说是道尽了人生的分量："有的人活着，他已经死了；有的人死了，他还活着。"这是何等精辟的提示和警示。而电视剧《三国演义》片尾歌词中有一句也唱得极为真挚："担当生前事，何计身后评。"

各位，让我们品一品内涵，掂一掂份量罢！问一问自己，看一看行为罢。可以坦然的是：多做好事，乐为善事，尽管一生做的是小事，没有做过大事，如此"生前事"，岂惧后人评？

生病识人生

人食五谷必有病。各式各样的毛病，千奇百怪的杂症，还有形形色色的心病，差不多有一千多种，也是够折磨人的。

站在生理学的角度说，疾病属于善意的忠告，也是身体发出的一种不满之警报。无论忠告或警报，都是在提醒你，对待生命不可掉以轻心。透过疾病这面镜子，你可以发现人生苦短，以及岁月的艰难和命运多蹇。这时候，你便会发觉亲情、友情的可贵，会感到以前不遗余力追求的名利地位是多么可笑和不值，从而对生命中的重与轻、贵与贱可能会有一种全新的认知。没有如意的人生，只有看开的生活。珍惜生命，珍视眼前，这才是实实在在的事。从前不知活着好，昔日不懂命重要。以前总是想拥有更多，想得到的就拼命去抓住不放，得不到的也不会轻易放下。

生病是人生的糟事，但从另一角度说，也会有些益处。大凡人去医院走一趟，目睹血淋淋、惨兮兮的景象，多少总得想通一些。生病了，人倒可以窥见本身的弱点，把许多东西看淡一些。我们需要有一种醒世的超脱，因为人生是一门投入的学问，也是一门超脱的艺术。超脱给予人生精彩的一笔，使人生的画面活了起来。人还是需要有那么一点超脱精神的。唯此,一个人才能对事对物对人对己看得透、想得开、识得破。无忧无虑无病灾,才是"悠悠万事,唯此为大"。

"不才明主弃,多病故人疏。"孟浩然把病中的滋味说得言简意赅。生病到底是痛苦的,但病中也使人深刻地体味做人的道理,更深切地理解生命。疾病有时还是清醒剂,告诉你人生犹如马拉松赛跑,不是百米冲刺,需要张弛有度。

疾病还是对情义的考验。"久病床前无孝子",是现实的,也是可以理解的。大家都公务、家务、事务缠身,生病之人也要有一点包容之心才好。况且,很多东西可以替代,唯有身体谁也代替不了。生了病,别人的关心只是安慰,有人可以当良方,有人却无济于事,只有想通一些,看淡一点,才是良药。况且老来生病,也是一种常态,与病为伍,与病同行,甚至学会与病交朋友,则是一种积极的生活态度。

第二辑　且走且行

谈某种感觉

　　古今人生，自我感觉良好者多矣。鲁迅笔下有两位人物，都是从现实中走出来的典型。你看那孔乙己，长衫穿在身上，尽管破旧，却有着与众不同的自豪感，你若叫他脱下来，他必定是依恋不舍的。还有那阿Q，进了一趟城，算是见了一丁点儿世面，看人睹物竟也冷眼起来了……人，就是这么怪！

　　在我们的身边，也总见有些人不甘"寂寞"，他们一年到头最喜欢往官场里挤，尤其在台上亮亮相，在屏幕上露露脸，让存在感爆棚，那感觉肯定是很舒服的。有的还会时不时地蛮起来，飘起来，出风头，赶浪头，神之巫之地醉在其中。这种人的言行举止，离不开虚名的驱使，脱不了利益的驱动。不过，他们当中的大多数人，似乎也只在退休之时，突然有了省悟，或者说是顿悟，有了某种淡泊人生的感悟。

　　人到退休学聪明的说法，绝非偶然。届时，难免会遭遇门庭冷落的处境，驴脸不变人脸变，于是恍然大悟之际，自然会感叹"权力非是我永久"，才知道恭维自己的人不一定是好人，知道听听老百姓的牢骚大有益处，知道了"最应该记住的是最易忘记"

的道理，知道什么叫树威信，什么叫耍威风……

　　现在一些老干部的回忆录成了畅销书，其抢手的原因之一就在此——到退休时是最聪明、最坦然的时候。最聪明的年纪，最开明的时候所写的书，自然是充满智慧、充满真理的。只是悔不当初，当时掌权时能够如此清醒，这般淡定，这么聪明，该有多好！我想如果让他重返官场，是不是又会马上"以其昏昏"发号施令呢？如此，如同走棋，"当局者迷"。在这样的情况下，"为将一子误全局"，招致"多少旁观冷眼人"，自然是预料之中的事了！

　　当然，官员之中，不乏有"当官一场，造福一方"的高境界，有"俯下是头牛，撑开是把伞"的真作为。人到退休方聪明的实质，是人为平民方聪明。纵观丘吉尔从官到民，从上到下的生涯，这个答案是能够找到的了。说来还是旧时戏台一副楹联能够给我们一点清醒："凡事莫当前，做戏何如看戏好；为人须顾后，上台总有下台时。"

铜牌的价值

国外有一位摄影记者在雅典奥运会上所拍摄的照片，着重捕捉运动员在获得或失去奖牌的那一刻的神情。结果发现了一种很有意思的现象，即大多数铜牌运动员的表情与金牌运动员的表情相似，而获得银牌的运动员的表情与获得第五名的运动员的表情相似。在北京奥运会上，一位美国心理学家也对游泳、摔跤、田径、体操等比赛的发奖实况进行解析，得出的结论也是获铜牌的远比获银牌的人来得高兴和潇洒。

得银牌者大概会认为，他们只要再努力一下，也许得到的就不是银牌了，而铜牌得主则觉得自己很幸运，因为差一点就什么奖牌也得不到了。这种"铜牌现象"实在耐人寻味。显然，快乐不是名利排座次，金钱也决非幸福的代名词。能把幸福放大的人，往往就如知足的铜牌得主，他们尽力而为，量力而行，知足常乐而安。

有人进入高档百货大楼，难免两眼发光，恨不得把整座百货公司都搬回去。据说苏格拉底逛集市时，就曾感叹：原来我不需要的东西这么多呀！我们不能与名人比，这境界太高，但其所言，足显得真名士自风流，知足者很快乐。著名的法国香水其实95%都是水，只有5%的不同，人也是这样，人与人的相差如同香水只有5%，而其他作为95%的东西都是很像的，差别就在关键的5%这"一点点"。有时候，道理很简单，认知却有差别。有些人则稍有一点成就，便趾高气扬起来。本事不大，总是自我感觉良好，常常忘记顺时善待别人，逆境善待自己，就会经常感到委屈和不平了。

其实，名人大家也不见得一定就志存高远。法国哲学家尼采说过："别在平路上停留，也别去爬得太高，打从半高处观看，世界显得最美好。"莫以为这就是消极而境界不高，懈怠而目标不远，这正是洞察世事的定位，这也是咀嚼生活后的看破。当然人的境遇不同，追求各异，对快乐和幸福的体会也迥然有别，但只要对快乐和幸福"自我感觉良好"就可以了。

作为平常人，我们同样需要有"铜牌"的快乐，不可老盯着金牌眼热心痒。这难免会折磨自己，甚至折腾别人。铜牌的快乐，是一种理智，是一种满足，它告诉我们面对社会五光十色的纷扰，保持一份独立的操守。人在旅途，修身养性很有必要。有人提出心态决定命运，这是有新意的。人生在世，如何让心态持久保持正常，以淡然的境界生活，以本真的心态对人，以达观的态度处世，以上进的热情工作，这的确是个大课题。而有了这样一种处世的态度，就能愉快地生活，不必总羡慕别人、眼热他人。

人世间，不是每个人都能到达顶端，人人成为英杰很难。"高薪不如高位，高位不如高寿，高寿不如高兴。"百姓的话是朴实的。如果一个人每天都能高高兴兴、快快乐乐的，或能够常常自我调节，排遣内心不快，就会吃着粗粮也觉香，睡着土床好梦长，那真是难得的幸福。这是一种境界，也是一份福气吧。

透支即是病

人过中年,最怕长"高"。这血压、血糖及血脂什么的,稍有点儿偏高,就会引来医生与家人的告诫。无疑,这高那高的,无非都是些令人担忧的"富贵病"。记得前段时间去农村看一位健朗的老者,他得知我的身体状况后,一番说法让我大大受用。他说,人的不少毛病,都是因为透支而成,过多地吃,超度地玩,或分外地安逸只一味地贪图享乐,岂有不生病的道理。虽然是平常人说平常话,但大可咀嚼,也让人再一次感悟到,荒山僻壤中往往有奇人,引车卖浆人常常有高见。

当然,透支还会有其他形态。如果说身体的透支让人对健康堪忧的话,那么在掌权用权、为人处世上透支了,则只能说是让人可畏了。纵观历史,官场上为求鸡犬升天,结果众叛亲离的事例并非少数。有句话说得好,透支了个人的权力,往往就断送了春风得意的前程。一件件巨贪案中,主犯都是前程正好、富有才干之人,但经不起考验,经不起诱惑,终于走向泥沼,掉入深渊。这都应了"手莫伸,伸手必被捉"之箴言。

透支了经年集聚的人气,也会丢失诚信老实的德行,招致而来的有可能就是祸事。那些制假贩假者，虽可一时蒙混过关，欺骗消费者，但上过一次当的人还会上第二次当吗？不要说总有一天制假者会受到法律制裁，制假行为本身说到底也是一种自断财路行为。所以，历史上一些百年老店求生存发展的第一要义，便是讲究诚信。

有史学家评论，一部太平天国史，实在是一部"透支史""教训史"。洪秀全们刚有一点积蓄，便疯狂地透支，最后落了个"入不敷出"、中途夭亡的下场。从中可以看出，他们过分地享受莺歌燕舞的生活，结果扑灭了横扫清军的烈火；过分地显示万人膜拜的威风，结果忘掉了同生共死的承诺；过分地追求琼楼玉宇的气派，结果换来了国库空虚的窘迫；过分地陶醉于美女入怀的欢欣，结果却丢了凝聚人心的本色。

以史为镜可以知得失。过生活，保健康，当然不可透支，用权处事则更不能透支。万事有度，一旦透支，如同大肆伐木挖沙，会造成水土流失。此种竭泽而渔的做法，这般饮鸩止渴的所为，必招致洪荒灾害。

潇洒走一回

潇洒，是让人很向往的。在我看来，眼前人们挂在嘴里的这潇洒，似飞絮白云，漫空满天皆是，似乎正成为一种档次，一种时髦。谁若进入这种境界，步入这般层次，当然是高妙清脱的事情。但潇洒是一种涵养，并非浮在表面。潇洒，首先是心灵的潇洒，不靠一副好皮囊，不靠几套好时装。在这方面，倒是有点"傻气"和"糊涂"的人，不求潇洒倒潇洒。因为他们比较本色，不会涂抹；不会计算，谋虑不多，杂念较少；没有太多世俗的东西，把心压得沉甸甸的；没有太多无聊的讲究，将心态扣得紧绷绷的。

既说潇洒，孩子也是我们的"一面镜子"。稚童何其爽快，要吃就叫，一玩便吵，不顾何种场面，全无一点掩饰。反过来看，有些做大人的，动辄说潇洒，却盆景一般，个性被生生地扭曲，如演丑角花脸，总是掩盖本来面目，虽也演得不错，但毕竟不是生活。

人们侈谈潇洒，恰是折射出生活中缺乏潇洒、很难潇洒的实情。潇洒是自然的，胸怀紧锁或鸡肠小肚者终难有这种气魄和气概，工于心计的人不可能步入此种境界。还有那些个沉湎于酒色者，挑雪填井为钱忙的，处心积虑挖人家的，更难潇洒。

潇洒是一种放弃。放弃没完没了的解释，放弃对权力的角逐，放弃对金钱的贪欲，放弃对虚名的争夺……凡是对人格有碍、对人身无妨的都可以舍却，如此你才能摆脱烦恼或纠缠，显得豁达豪爽，整个身心沉浸在轻松悠闲的宁静之中。你轻装上阵了，才有心思做事情，聚精会神干事业。

人事三杯酒，流年一局棋。要想潇洒走一回，有时倒需要那种狐狸的自嘲——吃不到葡萄说一声酸。虽无奈，却是一种自我心理平衡。有时还需要一点"阿Q"精神，有一种排遣了的满足，有一种比较下的安慰，想想这有什么不好呢！"鹪鹩巢林，不过一枝；鼹鼠坎坷，不过满腹。"一只松鼠，不过为求几个果子，不想去啸傲山林称霸一方。一只小鸟，所求无非几粒，不想去统治天空，雄镇天下，何必不切实际而想入非非。

潇洒只是一种自我感觉，人们的价值观不同，显然就没有铁铸的模式、人定的标准。真要彻底的潇洒，其实很难。人生多美好，生活有芳草。这一切应该由潇洒的笔触去勾勒，有点零乱但不马虎，应用水彩去着色，斑斓但不媚俗。有时，为了事业和目标即便有夸父逐日般"愚蠢"，我们又怎能不为那种执着而感动和喝彩！这种追求，当是潇洒的大写意！

虚　头

中国文字博大精深，细品起来，其味无穷。然凡事皆有度，过度把玩，则恐舍本逐末、害人误己。纵观今日社会，借文字玩噱头者可谓不计其数，且总能玩得不亦乐乎，其哗众取宠之态，更是让人脸红。

说起"噱头"，民间也有词，叫做虚头。较典型的"玩噱头"，就数楼盘广告了，可说是集奢华、尊贵于一体，至于环境地段优势什么的，更是普天下屈指可数了。稀啦啦的几棵树，就称之为园林，前面一条小水沟，就敢说是江南水乡，有两处喷泉那是英伦风尚了。

而受害最深的，非股市莫属了，一些没有造血功能的企业通过各种"包装"，从政府输血走向股市吸血。风云乍起，涨得莫名其妙，跌得更莫名其妙，你若认真，便是输了。难怪有人说：股市与业绩无关、与经济无关，只与文学艺术有关。

这年头，"玩噱头"几乎无处不在，用一些似是而非、模棱两可、子虚乌有的概念，一件普普通通的衣服，动辄上千上万；一块寻常的月饼，可以卖到几百元；明明没剧情没节操的电视剧，凭借当红明星的恶意炒作，轻轻松松就能赚个盆满钵满；就连日常喝的水，"冰川水""离子水""富氧水"，不明觉厉，其实喝起来都是一个味。你看，搞个网页就是"互联网+"；做个抵押就是融资；弄个表格就敢说大数据；做个存储器就是云计算，以至于连乞讨都能说成众筹了。好端端的"供给侧"，竟被某些人弄成了无所不包、无所不容的"杂货铺"，成了包治百病的万能良药。这样的"虚头"，反而模糊了概念本身，一粒老鼠屎坏了一锅汤。本来好好的一个战略理念，最后几乎没有人能够说清楚在中国的环境中，供给侧改革到底是什么，该怎么干了。

一个没有实在价值的名词，过度消费，迟早会露出马脚，其结果不过是搬起石头砸自己的脚；一个空洞的广告，吹得天花乱坠，或许能红极一时，却未必能逃脱市场规律，走向被淘汰的命运。

为什么人们还热衷于这种杀鸡取卵式的过度消费，是酒香也怕巷子深？还是不搞花样体现不出诚意？炒概念，玩噱头，其实是网络时代"眼球经济"的一种变异。在大环境的冲击下，人人都想走捷径，赚快钱，有人关注就有效益，但只顾眼前利益和短期利益，过度注重表面文章，忽视甚至抛弃实体和内涵，长此以往，只会烂掉树叶烂掉根。比如金融和互联网领域过度消费概念，仅仅依靠炒作而轻易获取利益，资本的本质是逐利的，必然会吸引大量资本从实体经济领域流入进来，但如此这般，不仅没有推动发展，反而扼杀了实体经济。而一旦实体经济被弱化，金融经济和互联网经济便没有了坚实的基础，变得不可持续，其后果可想而知。其他产业亦复如是。

说到底，做虚头是一种不自信的表现，对发展的不自信，对能力的不自信。有的是由于自身缺乏产品与技术研发上的底蕴，不注重技术创新上的投资和长远的发展战略，单对一些缺乏实质内涵的技术或对消费者意义不大的概念一味包装和炒作。有的是由于缺乏知识积累，对新理念新思路一知半解，将其泛化、庸俗化，或照搬照抄一些外来文化，又没有与实际情况相结合。有的由于缺乏长远战略眼光，缺乏以务实的精神苦练内功，只练唱功，不练做功，终有一天会唱不下去。

第二辑　且走且行

兄弟，你卧什么底

某地城管白天执法，晚上变身小贩摆地摊的行为引起社会关注。但其单位答曰：该城管人员是在执行"卧底"任务，旨在通过"换位思考"，深入了解小贩们的实际情况，便于今后提升管理水平。此话一出，倒是值得质疑了。略微推敲一下，我认为这属被动的推托之词。说推托之词，是指眼前有些机构部门，一旦发生触犯众怒之事，总是显得淡定而应付自如，或以"临时工"作替罪羊，或以诸如"信不信由你，反正我信了"等来搪塞，还有的就像这个城管机构，挖空心思编出个"卧底"之词为自己找托词。但倘若"卧底"所指属实，那么说他们脑子进水也就不为过了，因为他们的观念已经发生了严重的偏差，竟然将管理与被管理者设定为敌对关系，把民众硬生生地置于政府的对立面。

老百姓作为社会生活和社会实践的主体，对社会的发展有最直接、最真实的感受，对困难、需求、愿望有最迫切、真实的反映。"知屋漏者在宇下，知政失者在草野"，政策好不好，老百姓最有发言权。现实中，那些"门难进，脸难看，话难听"的衙门作风，以及爆出的"你是代表党说话，还是代表人民说话""领

113

导就得骑马坐轿，老百姓想要公平？"之类的雷人话语，归根结底就是官本位在作怪。他们不仅漠视群众的参政议政权，甚至千方百计逃避社会监督，遇到群众所要争取的利益，第一反应就是"刁民滋事"，第一行动就是想方设法严防死守，硬性维稳。某地方政府在引进企业、实施项目过程中，惹得民怨沸腾，甚至走上街头抗议，就是因为看似建功立业的行为，实则缺乏广泛的民意基础，没有将群众的切身利益放在第一位，自然也就得不到群众的支持而举步维艰。

心之所向，才能身之所往。《荀子》云："水能载舟，亦能覆舟。"这说的就是注重民众的作用，以百姓为根本。而城管的"卧底"思维，恰恰就是侧重于覆舟，而忽略载舟。一个将普通民众视作敌人而需要派"卧底"的管理机构，民众会与你一起载舟吗？换句话说，如果你不愿意与民众一起载舟，那么覆舟的担心必定会从行为中体现，于是所谓的卧底也就成了被动而做的课题。反之，倘若真正做到心为民所系，情为民所动，老百姓自然就会与你心贴心而同舟共济。

从群众中来，倾听群众的声音，汇聚群众的智慧；到群众中去，深入调查群众的实际情况，把好的政策落实到群众中去。但这"一来一去"，做起来其实也并不复杂。大概就因为并不复杂，所以老是被有些个政府部门玩出许多花样来。须知，这可不是你追我赶的猫鼠游戏，更不存在派个卧底要摄取"刁民"把柄什么的重大使命，而是要求在情感上与老百姓紧密联系起来。让老百姓的诉求或表达顺畅无阻，是政府工作实事求是的体现，更是一项具体而庞大的系统工程，需要充分发挥我们的智慧和实干精神，而不是高高在上发号施令，或者脑袋一拍、大笔一挥的随意行为。只有以一切为了群众为理念导向，才会在工作中不断思考这些问题。

修炼平常心

不如意事常八九，可相处人只一二。生活中有人感到不平衡总是有的，有"十年寒窗苦，不及个体户"的抱怨，还有"高级工程师，不如菜场剖鳝丝"的长吁短叹。这里头的原因肯定是多方面的，但如果你老是纠缠其间，未免心太累，恐怕到头来还一事无成。

我们的生活里，不妨多一些叮叮咚咚而不停止歌唱的山泉本性，少一些一泻直下却常常间断的瀑布。我们的生活里，也需要拥有一颗平常心，去面对柴米油盐的方方面面。显然生活不能没有花花绿绿的五彩梦，但最终需要收敛翅膀，以一颗平常心去贴近生活，去听取人间的鸡鸣狗叫，去面对生活的鸡毛蒜皮。生活不可能总是丽日彩虹的，倘若你所遇到的只是海市蜃楼，那么包括你的梦在内，也肯定是虚无缥缈的。因此，为了生活，确切说为了生存，我们的这颗心应是实在的、实惠的、实际的。我们都是凡人，不是超人，不是巨人，不是伟人。而超人也会发点小孩子脾气，也会傲笑，也会落泪，伟人也爱吃油爆虾，也爱民间小炒。

人有时还真需要一点"精神胜利法",凭此而去为自己的事业和家庭做些有益有为的事情。这种投入或放下,对身心健康肯定是有好处的。平常心的修炼,正是许多人所追求的。

明鉴于此,我们就应以博大的胸怀,去面对生活的每一次馈赠或每一次失落。春风得意时,马蹄不妨慢一些。雪压枝头时,遥想春的脚步也不远。走在"华容道"上,大可不必"一日看尽长安花",也该想想"雪压冬云白絮飞"的时候。我也由此感到,现代人热衷于灯红酒绿、茶坊宴楼,似没有古人结缘清景、把盏论经、敲棋说道那么旷达和释然。面对忙碌和苦累,其实最需你以一颗平常心去对待,去体谅,去忍受,去关怀。你更需要面对现实,面对身边的东西,去拥有真实、真诚、真切。持一颗坦荡、磊落的平常心,做一个实在的平常人,踏踏实实地去做好平常事吧。

银色光辉

报载：某市退休工程师协会的477名会员，五年来为200多个单位咨询服务，签订各项合同150多项，翻译外文资料1000多万字，为服务单位创利600万元。请注意，这只是一个市的情况，如果在全国范围内呢？那么可以肯定，其所产生的动力和效率则更会叫世人惊叹了。

然而，在重视老有所用这个问题上，我们的大多数城市或地区并非真正有所建树。就像市场上黄金首饰热销、银器被冷落一样，或像一些家庭里所出现的"养小日日鲜，养老天天厌"那样，如今在人才的利用和开发上，同样凸显了这么一种情况：即喜"金"不爱"银"，弃"老"而捧"轻"。这应该说是失之偏颇的。

在日本，金银的价值是并列的。日本政府和社会往往把60岁以上的退休人才归入"银色"之列，而且给予极大的重视。我们所说的"金"者，是指那些崭露头角，风华正茂的年轻人才，也就是"金色人才"。我们往往注重"东方红，太阳升"时的朝霞，而忽略了"夕阳无限好"的晚霞。但见一大批的"银"者，尽管也能戴上"人才"的花冠，却只能乖乖地屈居其后。当然，重视对"金色人才"的开发利用，这是无可非议的。然而如果对"银色人才"表现出"春来春去不相关"的态度，那也是很不明智的。

在创造"银色人才"这个名词的日本，是很重视这项工作的。日本共有230多个"银色人才"中心，把闲散在社会上的各类老年人汇聚起来，向各个领域输出，这些人发挥了十分积极的作用。对此，我们切不能把老人自谦的"年老珠黄不值钱"当作是老年人在才华方面的定语。

很明显，"银色人才"是大有开发价值的，并不是垂垂老矣等于渐渐无用。尤其在今天，更要注重人才的利用，而从某些方面来说，"银色人才"汇智慧能力的连贯性和系统性，在经验丰富和心绪稳定等方面，是具有独特的风格和长处的，其表现的力量是非常大的。

"银色人才"的内在潜力以及焕发的动力在今天也将是巨大的。如果说人才的浪费是最大浪费，那么对"银色人才"的忽略，也说得上是一种浪费。

人　生

在我居住的小区的边上,有一所小学,每当学生们排队放学出来时,我难免会有一丝隐隐的"杞人忧天",会想到这些个一般高的孩子将来命运的不同与变化。因为我常常想起自己小学时的同班同学,大家年龄相仿,都是同一学校出来的读书郎,但如今有的人升官发财,有的人却含屈九泉了,有的人重病在身,有的人荣华富贵了,有的人先荣后枯,有的人先苦后甜。总之是命运各有不同,让人嗟叹不已。

谁能料得眼前事,谁会看透身后事?此等本领是你我凡人所不能的。两人同时在树下避雨,闪电过后,一人当场毙命,一人完好无损。命运难卜,世事难测,不会看钱多钱少而定、视官大官小而变。事实上,纵观我们周边人的生活,反倒是钱越多的人家越缺乏快乐感。英国《太阳报》曾经对八万人的幸福指数进行调查。调查显示,排在前四位的快乐都与金钱和官位无关,而精心创作了一件作品、全力抢救了一个病人、悉心照料着一个孩子、忘我地堆玩着泥沙的人,幸福指数最高。

天地悠悠,世路茫茫。因万事难料,惯看命运多蹇,思想苦乐人生，感叹生命无常，人就不妨多少想开一些，适当看淡一点。今日不知明日事，明日终将何处去。不要包袱太重，贪求太多。因为你对身外之物看得太重，你的精神就痛苦了。人也要做得尽量好一些，对人随和宽厚一点。在位时，也不妨能帮人就帮人一把，有时你的举手之劳可能对别人来说就是解燃眉之急。不可一时之得意自得其志，得志张狂；也不要一时之失意自堕其志，自甘沦落。人生不过区区几十年，走好路过好自己的日子最是要紧，淡定随和一些为好，何必费尽心思、投机取巧失去本色做人，更不要机关算尽为名利丧失天良。

生命来来往往，生活匆匆忙忙，来日并不方长，转眼叶落花黄！鉴于此，我就可以这么想：每天清晨，无论手机还是闹钟，或者是外面的喧闹把你吵醒，你别抱怨而应该庆幸，因为你还拥有这个世界！你要感到命运之神的眷顾，觉得还能劳动是多么神圣，能去工作是多么美好，匆忙有时竟也成为另一种意义上的休闲。须知世上没有如意的人生，只有看开的生活。珍惜生命，珍视眼前，不管天气怎样，给自己的世界一片晴朗；不管季节变换，让自己的内心鸟语花香。

第三辑　人与自然

菜缸上的石头

在我国很多地区，老百姓都有冬日贮腌大白菜的习惯，特别是在长江以北地区。这种民间自己动手加工的食物，风味独特。

但腌白菜有些讲究，除却腌制过程中其他一些细节，单单就那一块压在上面的石头，也是颇有讲究的。如这压石分量过重，菜容易老，太轻则容易发酸，只有不轻不重，恰如其分，才会有一缸如老百姓称道的"豆腐般嫩，味精一样鲜"的好菜。

腌菜要有石头，我们的工作和生活中也不能少了这劳什子，这并非仅指它被列为建筑材料。我们在日常工作中，就有个"压"的问题，尤其是对企业的上级部门、顶头上司而言，向职员或企业施"压"是必要的，压担子、压任务都无不从属于这个范畴。应该说这对推进工作是必不可少的。"压"得恰当，自然可以变压力为动力，化动力为财力、物力。但如何"压"，则颇值得研究。有的"石头"便如泰山华岳，压得下面单位受不了。比如下级部门有了改革的新法子、好点子，而且预算中又是行得通的，只是涉及放权范围的问题。但有些上级部门往往不敢"越雷池一步"，死死"压"住，牢牢卡住，生怕由此而乱套。真好像把孙悟空压在五行山下,将白娘娘压在雷峰塔里一般,伴随着出现的那种"上面紧,底下松"的情况,就毫不奇怪了。当然形成鲜明对比的则是:某些"石头"分量却太轻了。有的单位以恳谈会、座谈会、订货会的名义,实则是"曲线走歪道"滥发实物、奖品的,可是有关上级部门却明知而故不问。有的不仅不"压",甚至还大开绿灯,一路放行。更有甚者,还出现有关部门来查处时,这些"好心善意"的领导一方面还会"十万火急"地通个风,报个信,另一方面又会遮遮掩掩,帮助抹去足迹呢。

简政放权,目的是"腌"出一缸改革的"好菜"。因而"石头"的分量应视实际情况而该"压"则"压",该放则放。人为地破了老规矩便会乱了套,砸了锅。不惜以坚如磐石之势死死压住,狠狠顶牢,下至鸡毛蒜皮,上到行政杂事,统统要拿自己的"令箭"才能行事,这样人的积极性如何调动得起来?怕只会让基层单位感到"巧妇难为'有'米之炊"呢!而把对基层单位的指导和监督统统来个"马放南山",从思想上"一松百松,好不轻松",不仅导致有的基层单位"你吹你的号,他奏他的调",甚至对党的纪律,廉政建设也大松其"绑",致使有些基层单位搞不正之风有恃无恐。我看这样的"浮石"不仅要搬开,而且还有砸碎的必要。

腌菜有小学问,改革是大文章,两者固然不能等同视之,但有心人想必多少能从中悟出点道理来吧。

茶 思

想不起是在哪天下午，我喝着新茶，看着茶叶一片片浮上来，又一叶叶沉下去，忽然觉得，我等人生，不也正像这茶叶吗？

茶被初泡时，几乎所有的茶叶都要争相浮向上面，但随着时间的推进，无不"折戟沉沙"，慢慢地沉到了杯底。一片茶叶看人生，这不啻是一份悄悄的提醒。

饮茶品茗，常常叫人静静地沉思。而此时此刻，不少省悟往往会在蓦然回首中得到，在豁然开朗中开启。我在品茶中，常常掂出那份恬淡和恬静。实际上，我也不免有点浮躁，精神上也缺少更高层次的操守，虽不能至，却心向往之。我还是感到清淡恬静的高境界，松下结庐，山间对弈，夺席谈经，风雅从文，是一种静，大隐隐于市。在喧嚣之中能如菊花迎霜独立寒秋，似梅花傲雪铁骨铮铮，则更了得，因为这种淡然恬静，没工夫去张扬，却将时间用在脚踏实地上，不打号子，不做声响，恬静的意志表现在冷峻专一上。恬静的奋斗，如水与石的较劲，把漫漫的过程藏匿起来，悄无声息地给你一个惊喜的结果。我自不言，众口皆碑。因为最好的语言就是行动，恬静燃烧起来，一定是烈焰腾腾。

内心有了品茶如品人生的这点意味，我便更加细细地观察与茶相关的话题。我发觉不少茶联倒是劝人悟道，让人看淡名利、崇尚恬静的。如果说湖南名胜紫霞峒小凉亭内的一联"紫气玉碗盛含仙掌露；霞光金芽微带碧泉珠"给人淡雅清远的品味，那么广东珠海南山山径的茶亭悬挂一副茶联"山好好，水好好，入亭一笑无烦恼；来匆匆，去匆匆，饮茶几杯各西东"则于言简意赅中教人淡泊名利、陶冶情操。福建泉州市有一家小而雅的茶室，其茶联更是别致有趣："小天地，大场合，让我一席；论英雄，谈古今，喝它几杯。"全联上下纵横，谈古论今，朴实幽默，令人拍掌叫绝，使人有所启悟。

喝茶，品出人生滚滚风云；品茗，看透世间的漫漫烟尘！

天价的背后

春节期间，旅游火爆，且也时不时地传来躁声。躁声便是吓煞平头百姓的"天价"。大虾只要 38 元，不过是按只算的；骑马只要一块钱，不过是按秒算的；将近 400 元每斤的野生鱼竟然是人工养殖，斤两还存在争议。强宰、硬骗、巧耍，可谓花样百出。这些荒诞离谱的"天"字号消费，就发生在我们身边，发生在 A 字头的旅游景区，且屡禁不绝，不能不引人深思。

讨论天价事件，我们首先要搞清楚一点，人们反对天价，不是指价格本身。在商品经济时代里，价格让人咋舌的商品不在少数，要价高也不等同于"宰客"。只要明码标价，诚信经营，价格贵点也属于正常的市场行为。天价事件中，除了消费明显高出市场平均水平，更让人无法接受的是商家采用欺骗、隐瞒甚至是威胁、暴力手段，违背消费者真实意愿，骗取钱财的行为。

人无信，不知其可也。中华民族历来重视诚信待人，儒家提出"仁、义、礼、智、信"，"得黄金百斤，不如得季布一诺"也在民间广为流传。天价事件不仅是对传统美德和公序良俗的破坏，也与当今社会主义核心价值观格格不入。利用不对等的信息欺瞒消费者，以非正规手段让消费者付出高昂价钱，这是没有诚信。天价行为引起消费者怨怒，一旦冲突，仗着人多势众，蛮不讲理，甚至动手打人，这是不讲文明。欺负消费者大都从外地来，人生地不熟，抓住他们不敢抗议，不愿惹事的心理，这是不顾平等。

天价事件背后，固然有消费者的无心之失和不良商贩的不法经营，也有整个社会不良风气的侵袭造成的良心缺失、道德缺失、诚信缺失。但我们更应该看到，是一些干部的不当作为助长了不良商贩的嚣张气焰，没能及时有效清理好造成天价事件的不良土壤。有的干部"不善为"，出现方法层面的问题。主观上想把天价事件处理好，做了大量工作，但没找对路子，对庞大的市场行为缺乏有效的监管方式，往往陷于蛮干盲干，顾此失彼，最后事与愿违。有的干部"不能为"，出现能力层面的问题。天价消费涉及物价、工商、税务、城管、旅游多个部门，牵扯方方面面利益问题，找不到着力点，没有有效的抓手，只能一筹莫展；还有的干部是"不作为"，出现态度层面的问题。主观上不愿管，安安稳稳当着"太平官"，睁一只眼闭一只眼，多一事不如少一事。有的是有狭隘的地方保护主义思想，总觉得宰的是外地人，"宰一刀"也不会伤筋动骨，还能为地方创收，何乐而不为？有的甚至与不法经营者建立了复杂的利益关系，自然是百般维护和开脱。有些天价商家曾多次在网上被差评举报，但相关监管部门视而不见，直到事情闹大，收不了场。

要解决天价事件，需要多管齐下。对顾客来说，要多一个心眼，问清楚价格，核对好账单，保留必要的证据，一旦发生纠纷要利用法律武器坚决捍卫自己的权益。对商家来说，要秉承诚信经营的理念，着眼长远利益，摒弃杀鸡取卵，宰一个算一个的短视行为。对政府监管部门来说，要出台法律条文，保障消费者知情权、选择权，维护消费者合法权益。要负起维护市场秩序的责任来，倡导营造良好的经营环境。主动监管，多一些调研走访，多听一听群众呼声，不能陷入"事件曝光升级，上级领导高度重视，采取措施监管"的怪圈。

"信则立，不信则废。"信誉一旦崩塌，殃及的很可能就是整块相关的地域经济了。

第三辑 人与自然

淡　水

话说某日，在水面宽阔的亚马孙河的入海处，一艘货轮在航行中发现船上的淡水已经吃完了。情急之下，他们打起了紧急求援的旗语，请求其他船只给以淡水支援。很快，前方就有一条船打旗语过来，意思是：淡水就在脚下！货轮上的海员十分惊喜，将信将疑地急忙打水，一尝这海水果然是淡的。原来此处海边有一条大河的出口，因为河水的流量极大，以致把周围的海水全冲淡。须知，只有熟悉这地形地貌、有经验的老水手才知晓这个情况。

在大海惊涛中航行，没有一往无前的勇气不行，没有淡水也只能望洋兴叹。而我们取之不尽的淡水在哪里？我们战无不胜的力量在何方？答案无疑是：在群众之中，在百姓里面。

要密切与人民群众的关系，就有一个身在宝山善识宝，悉心为民，尽心助民，问计于民，讨教于民的问题。可怕的是，现在我们有些当官的，官老爷派头十足，盛气凌人，颐指气使，不是和人民群众保持密切联系的鱼水关系，而在有些地方还成了油水关系。还有些人，对上仰视，唯唯诺诺，对下则眼珠子斜视，额角头朝天，自认为自己是天之骄子，群众是凡夫俗子。他们端起的官架子，摆出的那种腔调，让老百姓望而生畏，避而远之。这种对老百姓毫无敬畏之心的做派，一旦形成恶性循环，必定后遗症严重，非重药难治也。

　　有一首《春天在哪里》的歌，是这样唱的："春天在哪里？春天在哪里？春天就在小朋友的眼睛里！"如同春天未必在花红柳绿，而在人们眼中一样，我们到处寻计问策，殊不知力量和源泉，就在"知屋漏者在宇下"的百姓之中！何须觅龙种，路在眼底脚下。无须问杨柳，春在你我手中。还有一个故事，说的是希腊神话中安泰，他力大无穷，其奥秘所在就是只要身不离地，就能从他母亲地神盖娅那里不断吸取力量。然而有一次，在与赫拉克拉斯博战斗时，被对方发现了这个秘密。赫拉克拉斯博将他举在空中，安泰失去了大地母亲的支持，终于被打败了。

　　在今天，要克服前进道路上的困难，要真抓实干地去实现深化改革而造福人民，我们不仅一刻也不能脱离人民群众，而且还要沉到人民群众中去。近山知鸟音，涉水识鱼性。只有真正知民爱民为民，才能得到人民群众的支持和拥护，如果说起来带劲，做起来差劲，总和老百姓开《狼和孩子》那样的玩笑，老百姓才懒得去理你呢！

第一水

关于"西湖"之称,我想其与"墨池"一样,在中华大地必定不少。经查询,果然凡誉为"西湖"者,竟不少于三十处。再细察,大多不过是一口位于城郭西面而命名的湖而已。故今人一谈及西湖,自然就会想到杭州。常听得杭州当地人极自豪地说:走遍天下江湖,难敌杭州西湖。

其实,除却杭州,有个地方的西湖也挺不错的,是颇有些味道的。我要说的就是扬州。那里即有一口瘦西湖闻名遐迩,使得我们常常"烟花三月下扬州",去寻景探幽。

不知你注意没有,在瘦西湖的一座亭子里有一副对联,像是一份导游书,明明白白、坦坦荡荡地道出了妙处。"借来西湖一角堪夸其瘦,移来金山半点何惜乎小。"这对联恰如其分地道出了这处胜景的特色和特点。比起杭州西湖和镇江金山,瘦西湖自然要逊色不少。但可取之处在于这名胜,善于取人之长,敢于直抒胸臆,而且还很有自知之明,能够注明出处和来头。它只夸自己的瘦,更不羞于自己的小,还很谦虚地说是从人家那里借来的。

在旅游胜地又不乏名泉。敢于自称"天下第一泉"的，听说就有十几处。而位于苏州天平山上的白云泉，细流晶莹，如珠似玉。据知此泉水高出盆沿三毫米也不外溢。行家有论，绝不比那些号称"天下第一泉"的泉水逊色。然而可贵可取的是，在前边的岩壁上却刻题五个遒劲挺拔的大字：吴中第一水。

这"第一水"之谓，与"瘦西湖"之称，有着异曲同工之妙。纵观瘦西湖，广而告之显得谦虚，瘦而灵秀颇有特色。"吴中第一水"亦妙在不以"老子天下第一"的架势吓人。虽然它也称"第一"，但范围甚小，只是吴中第一，是地区性的。况且它的豁达和坦然，还把一个"泉"字，换成了一个"水"字，则愈加显出谦逊的风度、坦然的气度！

其实，山水的谦虚也可教导我们，开导我们。不论是扬州的"瘦西湖"，还是苏州的"第一水"，我觉得那还是一块"警策牌"、一份"告白书"。它在无声地告诉我们，为人处事还是实事求是为好，示人对事还是实实在在一些为妙。它对世上的妄自尊大者，对一些不知天高地厚者，分明也是一种十分婉转的规劝和诚恳洗炼的告诫！

第三辑　人与自然

动　物

　　《动物世界》和《自然奇观》是热播节目，我也特别喜欢看。显然，这是看动物，不是看人。那啸傲山林、搏击长空的走兽猛禽们真是千奇百怪、千姿百态，你看着看着，就不知不觉地与人类挂上了钩，并从中悟出不少对人类有用的东西。

　　想想也真是的，人类作为万物之灵，与别的动物之间确也有不少类比之点和可喻之处。在民间，老百姓的不少日常语言，或俚语或对联什么的，也往往是借动物的表象和习性来生发一点意思的。"少年如猴，天真活泼。中年像牛，负重前行。老年似狗，看家护院。"不仅调侃味儿重，也倾注一点深意。"龙吟虎啸，大丈夫气概；蚕结蚁引，小女子经营。"这是旧时人家堂前的一副对联，正是以四种动物借喻两种处世信条的。"龟鹤延年，福寿齐昌"又是祝寿贺庆的老句子、好话语。"在天愿作比翼鸟"，这比喻的是坚贞爱情。而"昔日同林鸟，今成劳飞燕"，则又当别论了。如果说，古代的陈胜所言"燕雀安知鸿鹄之志哉"，比得有些狂妄，那么现代的鲁迅先生以"俯首甘为孺子牛"自喻，则比得高尚和深远。

睿智的人总是会借鉴事物，善于运用的。他们可以用动物来形容某些人的不可一世和落魄潦倒：得意狐狸强似虎，落坡凤凰不如鸡。当然我们也可以从动物身上找点前车之鉴，作为教训之用。"高飞之鸟，死于贪食。深潭之鱼，亡于香饵。"这简直就是活生生的现身说法了。

　　我们人类要借鉴动物的地方可多着呢。豺之凶残虎之毒，狼之贪婪蛇之阴，这是万万效法不得的。"义犬救主""海豚救人""老马识途"常常给我们留下很好的印象。而我们常说"马有跋涉之劳，牛有忍重之辛。"这一比，则可让我们内省：作为一个有志于事业的人，能不以"不须扬鞭自奋蹄"的老黄牛自律，不以"马作的卢飞快"的骝骥自答么？"鸦有反哺之义，羊有跪乳之恩。"动物尚且知亲情，何况人乎？这一比，至少也可以让我们一些不敬重长辈、不孝敬父母的人感到汗颜吧！

第三辑　人与自然

谎　花

　　我有一亲戚，是种桃高手。去年如火时令，我约得朋友几个，就去他那里游嬉。但见他所拥有的那一片桃林，早已是硕果累累、瑞气盈盈了。令人惊讶的是，他正挥汗要刨掉一棵桃树。他告诉我：这棵树每每在春天开得旺盛，可就是不结果，被它骗了两年了，开的是谎花啊！
　　花有"谎花"之称，在我听来是新鲜的。不结果，原因恐怕不少。但我知道，农人最恨的确实是谎花：花开得热热闹闹，果结得零零落落，或者根本没有。淳朴的农民没有诗人的浪漫，他们爱花，但更爱果实，因为这是他们的生计，是他们生活的寄托啊！
　　记忆中原来我家老屋院子里就有一棵无花果树，它的特点就是不炫耀开花，只默默地奉献些许果子来，那果味"甜甜的、酸酸的"，成了童年的回味。后来看书才知道，无花果也要开花，只是我们的肉眼看不到。虽然这种果子开花我们看不到，但人们还是喜爱它，因它的实在和实惠。
　　自古迄今，我们就有把人比作花的说法，如"姑娘好像花儿一样""十八的姑娘一朵花"。苏东坡把花看作是能懂人意的精灵，于是有"只恐夜深花睡去，故烧高烛照红妆"。据此，以花拟人，也当在情理之中了。生活中，人上一百，形形色色，纵观有些人的表现，确如谎花一类角色，他们好大喜功，风头十足，有时候会像"喇叭花"，办事雷声大，雨点小，一味靠叫来博得别人欢心。他们虚漂浮夸，夜郎自大，有时候则充当"鸡冠花"一类料儿，似乎自己是百花丛中最鲜艳的，就全然不把别的花草果实放在眼里。以虚虚假假的一套迷惑人是他们的拿手好戏，"吃亏嗷嗷叫，占巧哈哈笑"是其特征。惯将汇报作伪报，芝麻说成西瓜，松鼠夸作大象。显然，这种谎花开得盛的地方，也就难免"好果子"的价钱低得很。

按照农人之法，谎花开的第一年，倘若施肥、授粉之法不管用，那么就干脆连根刨，谎花连哭都来不及。而生活中的谎花却还在窃窃地笑，原因就在于"傍花追柳过前川"的人尚存一丝半点私心，下不了这个狠心。只爱浮花不爱果，也就必然导致"无花果"们吃亏，"老老实实干一年不如虚虚假假弄一手"。

我们搞改革开放，虽然形式可以多样化，但提倡老老实实做人，踏踏实实干事，应是变不得的。做事情，干工作，花是要开的，但切不可开不结果的谎花。对于那些结出累累果实的"无花果"，更不能一叶障目，委屈了它们！

九寨沟的初夏

人说"九寨归来不看水",再看别的山水就会生出一种"除却巫山不是云"的失落感叹。我则还想加上一句"九寨归来不写景"。九寨沟的水,若少了李白梦中的"生花妙笔",恐怕是难以展现其神美之韵的。我知道描绘九寨景色的美文甚多,所以不敢贸然起笔,然九寨之美又时常萦绕脑际,只觉得不写上几句也难免手痒。

初夏的九寨沟,海天一色的蓝构成了她摄人心魄的底色,郁葱的树木连同那潺潺水流和一泻千里的水瀑,联袂泼就了一幅清新脱俗而又明艳动人的画卷。身处画中,心便在陶醉中发出折服般的赞叹。其水千姿百态,或调皮活泼,于碎石间跳跃着,激起洁白的水花,或气势恢宏,如千军万马奔腾而下,跌落谷中珠玉纷飞。你沿着栈道前行,却觉水声渐弱,呈现眼前的是"静如处子"的镜湖,睡美人一般甜稳沉眠,令人不忍惊扰,就连阳光和风也是小心翼翼地蹑足来去,拂过湖面,如金珠落盘,闪闪熠熠。心,就这样随波雀跃,又转而安宁平静。

九寨之水,美在清澈,美在变幻,更美在色彩斑斓。钙化的海子如蓝宝石一般镶嵌，层峦叠嶂倒映水中，水底植物清晰可见。阳光之下，染翠浸紫，镶金泛红。听当地藏民说，更美的色彩在秋季，那时岸边的树林呈现火红、金黄、翠绿的绚丽缤纷色彩，水中倒映，宛若仙境的五彩斑斓，让人生出无限遐想。

夜幕降临，游人渐渐散去，谷壑显得深幽寂静，褪去的霞光中，旌幡在风中飘扬，白墙绿瓦的藏民寨子亮起星星点点的灯火。我们就住在其中一户藏民家里。主人备好的晚餐颇具风味，牦牛肉、高山菜，还有甘冽怡口的青稞酒。交谈中，我们也了解了藏羌人更多的生活细节，他们辛勤劳作，旅游旺季起早贪黑接待游客，淡季时正是气候条件最为恶劣的时候，牛羊没有草料，需要进山放牧。为采摘名贵药材出售，一次进山需背三个月的干粮，其艰辛不言而喻。但从他们温暖的笑容和真诚热情的言语之间，所感受到的是他们发自内心的幸福感，是对于大自然馈赠的感激。

夜深虫鸣，清风摇曳、舒爽宜人。星汉灿烂，皓月当空。我们已经多久没有看到这样的星空了？是我们生活的城市节奏太快，或人生攫取的心太盛，甚至沉浸于利益得失的追逐，因而星空竟也朦胧？再看看他们，虽然游客日复一日带着城市的喧嚣、浮躁来到这里，却没能打破他们的平和。依傍着灵山圣水，他们诠释着仙境中温馨而单纯的藏家生活。在莽莽古蕃故地，任随时光轮回，天堂部落纤尘不染，逸韵流转。

第三辑 人与自然

倔强的春柳

"寒梅雪中尽，春色柳上归。"这是诗人李白的名句。如果说傲雪的梅花透露了春的信息，那么杨柳则是最早的报春使者。当冰雪刚刚消融，许多树木还在"冬眠"的时候，枝枝柳条便迎风苏醒了。那可爱的嫩绿芽儿，一缕缕飘荡，仿佛是顺着春的节奏在大自然的舞台上轻歌曼舞。此情此景，恰是"春风又绿江南岸"的诗意所在。王安石借"绿"发挥的这个诗眼，我以为是靠着杨柳那惹人的颜色锤炼出来的。不信么？你去西子湖畔的"柳浪闻莺"看看，去六桥烟柳瞧瞧吧，你会亲切地感到诗的韵味尽在其中呢。

关于柳的描述，其历史至少可以上溯到春秋战国，因而柳成了入诗最多的植物之一。白居易的"谁能更学儿童戏，寻逐春风捉柳花"，左宗棠的"手栽杨柳三千里，引得春风度玉关"，无不倾注了一往情深，几多感慨。而偏爱它者，不仅动口，而且动手。柳宗元任柳州刺史时，便大力种植柳树，"柳州柳刺史，种柳柳江边"，他老先生还倚锄吟诗自得其乐呢。这方面，国人和"老外"亦人心一同。在英国，也流传着一个"折柳种柳"的故事。18世纪初,萨福克爵士的夫人,收到别人送给她的一篮无花果,盛无花果的是一只用土耳其的柳树枝编的篮子。当时正好诗人蒲柏在场,他从篮中折下一条柳枝插在泰晤士河畔,于是就长出了一株依依动人的垂柳。后来一名奉命去美国的英国官员,又从这株"蒲柏柳"上折了一枝,带到美国后种在弗吉尼亚的阿宾敦,于是柳的后代便四海为家了。由此观之,这"柳文化"已经越出国界。

的确,高山上的松树是峥嵘的,丛林里的柏树是伟岸的,偏偏杨柳体态婀娜多姿,轻盈纤弱,于是人们又把它当作多愁多病的弱女子看待。但事实证明外表的纤弱,绝不等于内无韧劲、体乏刚骨,无非是存在和表现的形式不同而已。无心插柳柳成荫。据说春天的柳枝,任你倒插顺插,都是能够成活的。如此的生存姿态,不正好说明它具有旺盛的生命力么?逆来顺受也好,顺其自然也罢,反正是许多一年四季郁郁葱葱的植物所难以做到的。这固然是因为有了春天的德泽,春风的恩惠,春雨的沐浴,春光的哺育,但从柳的本身而言,难道不正是在于它的倔强和坚定吗?

第三辑 人与自然

可爱的绿草

百花萌动的初春,你站在西湖白堤上望去,隐隐约约的绿黛、清清淡淡的新绿,便会跳入眼帘。当你情切切、意浓浓前去追求这一缕缕、一丛丛绿萌时,它却如一捉迷藏的孩童,蓦地游离了,消失了。这让人不由自主地踏进唐代诗人韩愈"草色遥看近却无"的意境。

就像人世间的小人物,总容易被人轻视一样,大多数人在游览名胜古迹,在惊叹亭台楼榭的精巧,或欣赏奇山丽水和奇树异卉之时,绿草往往是被忽略的。谁能懂得在大自然千姿百态的景色中,小草所起的作用呢?天地之间,芳草盈盈。小草无语却有情,它悄无声息地给你增添无穷的魅力,还会给你深层的哲理思考。芳草没有花香,没有树高。但它的种子能够无尽地延伸扩展,这与它旺盛的生命力是分不开的。在出门见草的山里,山农最懂"草木篇",他们为了明春草更茂盛可放羊饲牛,在冬天里采取的是有控制地烧荒之法。火烧荒原之处,来年往往草木葱葱。江南人往往又有春游芳草地的踏青习惯。每到此时,就结伴而行。踏青之谓,往往就是奔着一地的郁郁芳草而去的。不同的命运也赋予了小草不同的境遇，我们常说"墙头草，随风倒"。这包含了贬的意思。其实，这多少有些冤枉也！你看在断壁残垣之上，小草依微土缝隙而生，还要承受风多大的压力啊！疾风知劲草，这才是草的英勇本色。春深如海之时，这是草的浪漫青春，豆蔻年华。这时草不仅还在生长，颜色也深沉的很。春色融融之下，它泛起一层耀眼的绿光，这又像是在告诉你一个真理，"谁言寸草心，报得三春晖"。

到了暮春时节，但见群莺乱飞，正是江南草长之时，草的颜色开始深沉，丝丝春雨时不时来挑逗它，这时，不论是体味欧阳修的"长郊草色绿天涯"，还是品味张栻的"春到人间草木知"，如对酒行吟，那味道都是浓浓的。春色融融，桃李灼灼。这时候，人们出游在草中野炊，或者结伴出游，都把茵茵芳草当作一架温床，谁会拒绝它的温柔呢！说实话，我是偏爱芳草的。这让人在湖光水色中得到更多颜色的享受。整个园林，任凭你亭台楼阁密布，如果地上却是光秃秃的一片，游嬉之下，那是肯定让人遗憾的。

老　等

鲁迅先生在他的《从百草园到三味书屋》这一散文名篇中，写到一种鸟，此鸟因生性暴烈，缺乏耐心，故被称之为"张飞"鸟。而在江南水乡，有一种名为苍鹭的水鸟，性格恰恰相反，大有"守株待兔"的耐心。它们觅食的方式便是"等待"二字。苍鹭虽栖身于江湖池沼一角，却缺少飞来飞去找食吃的性子，而是喜欢守候在一个固定的地方，等鱼虾从它面前游过，迅速啄而食之，因而人们送它一个绰号，叫"老等"。成语所说的不劳而获，从此鸟身上也可见一斑。但能以这种独特的捕食习性来填饱肚皮，说实在的，也不能不说这种鸟其实也挺聪明的。

其实，不少人也很喜欢等。有一个儿童作品叫《等明天》，讥讽了有的人做事总喜欢被动地等东等西，这实在是一种懒惰的坏毛病。有的人喜欢在工作上等，"等明天再办吧""等段时间再说吧"，这是某些人常挂在嘴边的口头禅。有时候老百姓的话虽说很直白，却一针见血，有一句话就说得好："等不出山。"人一旦产生这个"等"字，无疑松懈斗志。而不少时候，"等"的结果往往是无所作为，墨守成规，不思进取。等来等去，只会错失良机。

　　一个"等"字，说到底，还是反映了一种精神状态和思想境界，其表现也是不敢锐意开拓，勇于进取。一个单位或一个人，若是一切以"等"为行动准绳，那么工作和事业必定会暮气深深，死气沉沉。而有了积极昂扬的精神状态，就会以"金戈铁马，气吞万里如虎"的风貌出现，就会视绊脚石为垫脚石，从而逢山开路，遇河架桥，就是碰到困难和矛盾，也会发动群众去克服或解决。显然，"等"的精神状态，与我们积极推进的复兴大业是极不相称的，与我们的优良传统和作风也是格格不入的。事实证明，"等"是没有前途的，"等"是不可能创造辉煌的。

　　行文至此，蓦地想起了几句诗来："盛年不重来，一日难为晨。及时当勉励，岁月不待人。"一千多年前的陶老夫子尚且知道"等"的害人误事，我们这些肩负着时代重任的人怎么能凡事"等明天"，怎么能像"老等鸟"那么安于傻等呢？

第三辑 人与自然

聆听自然之鸣

关于鸟鸣的诗,古今中外可谓俯拾皆是。但于我,尤爱中华古人的诗句。有《诗经》写鸟鸣之声就很悦耳,最让人记住的是"嘤嘤鸣矣,求其友声"之句。还有宋人辛弃疾,他提笔潇洒一挥,竟也十分动听,"明月别枝惊鹊,清风半夜鸣蝉",其名篇《西江月·夜行黄沙道中》一开吟,便是两种动物的清唱低吟。让人有一种在一唱一和中倘佯于自然王国的感觉,可谓心悠然,情坦然。在古诗词中,我记得最多的则是山居之美、田畴之中的青蛙之叫:"七八个星天外,两三点雨山前,稻花香里说丰年,听取蛙声一片。"此外,还有宋人以诗意作画之妙的"十万蛙声出山来",在这片大合唱中,我们感奋生命延续的律动,生生不息的传承!

动物之声,是世间活脱的生命发出的呼唤之声、呐喊之音,也是一种语言、一种交流、一种娱乐、一种寻偶方式……

活在这个世上,总需有一技之长。学声叫,讨个巧,学会唱,有用场。即使是蝈蝈、金灵子之类,虽是害虫,因学会有节律地欢叫几声,倒也讨好了人们,被精心饲养着呵!

在一些动物中，叫法往往不同，声音常常迥然，显得频率有快慢，鸣声各不同。春天，黄鹂鸣翠，布谷啼血，这是诗意的充盈与生命的律动；夏季，"鸟鸣山更幽，蝉噪林愈静"，还有蟋蟀、蝈蝈们的歌吟，是大自然隽永的合唱；秋日，"雁过也，正伤心"，"促织鸣，懒妇惊"，以及一些个秋虫声嘶力竭地吟唱生命的可爱。冬月，野鸭的一二声高鸣，海鸥的三四句啼唱，感叹岁月的严酷。所有这些，高低有别，唱和不同，心境各异，但无不组成大自然的一个乐章，最少也形成一个小小的插曲，让人感觉生命的搏动、宣泄的愉悦以及对生活的执着、对天地的挚爱。至于叫声，也有档次，也分层次。一万只蚊子的嗡叫声永远抵不上一只黄鹂的歌唱，猪们被捆绑着面对屠刀的哀叫和牛儿悠闲于山坡啃咬青草时的哞声不可同日而语。

鸡啼唤人早起，犬吠令人警醒，布谷于仲春催耕，蟋蟀在三秋促织，灵鹊先知可以报喜，鹦鹉能言知晓迎客。一年四季，我听着这些林林总总的叫声，听出了扣响心弦的声音。对自然讴歌最热烈、最美妙的"歌手"，未必就有好结果，画眉、黄莺因会叫会歌就往往被人关入笼中，美食少不了，天地却狭小，实是残酷的爱。殊不知鸟儿的家国，便是大自然的山野树林、一望无际的广阔天地。

鲮鱼和鲦鱼

书载，国外生物学家曾做过这样一个实验，把鲮鱼和鲦鱼放进同一个器皿中，然后用玻璃板把它们隔开，开始鲮鱼兴奋地向鲦鱼猛攻，但几次被撞得晕头转向后，便有些垂头丧气了。当生物学家抽取玻璃板后，鲮鱼对近在眼前的鲦鱼竟然熟视无睹，再无进攻之举。最后鲦鱼因有生物学家供给的鱼料，依然活得自由自在，而鲮鱼却被活活饿死了。

与万物之灵的人类相比，鱼实为低能之辈。但碰壁的鲮鱼活活饿死，则给了人类无言之戒。悲剧在于它消极地吸取教训，被一时的失败吓倒，形成了固定的思维模式，以致没有再试几次。我们有时候是不是也有这样的惯性思维呢？一次小小的挫折和失利，便畏首畏尾，怕狼怕虎，如同手上扎了一根小刺就以为得了大病，吃饭被噎了几口就要废食一样。这种缺乏"再坚持一下"或"继续努力"的精神状态，结果使得与快要到手的成功失之交臂。如同有的人开流掘井一样，只差几锄头就要见到清泉了，可他们却放弃了，真令人惋惜不已。"为山九仞，功亏一篑"就是这意思。

干事创业，需要一往无前的志气、一鼓作气的勇气、一马当先的锐气；要有撸起袖子的干劲、义无反顾的钻劲、敢与高手比高低的闯劲。我们绝不能遇到困难作"委琐状"，碰到挫折就打"退堂鼓"。据说，科学巨匠爱迪生有 2000 多种发明，单单制作灯泡就失败了 8000 多次，但是他还是咬牙坚持了下来。这告诉我们，没有比脚更长的路，没有比人更高的山。也就是说，勇气所赖以立足的另一方基石是毅力。而韧性和耐性是毅力的基础工程。万丈高楼平地起，基础不扎实，必有后患甚至灾难。我们不可丢弃了这些宝贵的精神财富。

困难是磨刀之石，失败是成功之母。大半有志者、成功人，在困难、失败、挫折面前，无不表现出一种坚忍不拔、勇往直前、越战越勇的顽强精神。我们多么需要有一种"锲而不舍，金石可镂"的创业精神，多么需要有一种"千磨万击还坚劲，任尔东西南北风"的劲松风貌。哲人说得好："要意志坚强，要勤奋，要探索，要发现，并且永不屈服。"弄潮儿搏击浪涛，手把红旗旗不湿，靠的就是胆气、勇气、豪气、锐气，如此就会碰到挫折不泄气。人生机遇虽多，不给畏难者以垂青。我们无论从事什么工作，不管遇到多大挫折。都应挫折面前毫不退缩，困难挡道奋发前行，逢山开路，遇河架桥，生命不息，奋斗不止。这样才能尝到胜利的甜果，筑就时代的伟业！

第三辑 人与自然

清浊自然分

吴越轻歌地,温柔富贵乡。这种形容并不夸张,要不东汉隐士严子陵为什么偏偏要找到桐庐这个地方,来一个"垂钓绿杨春"呢。

泛舟富春江,漫游瑶琳洞,遥看葫芦瀑,瞻仰古钓台。这桐庐美景,的确有着浓浓的诗情画意,恰如仙境一般。倘若要问对哪一处的印象最深?从"山不在高,有仙则名"这个角度看,我则首推海拔一百多米高的桐君山。

关于此山,有个美丽的故事:古时候,山腰处兀自长着一棵郁郁葱葱的桐树,虬枝扩展、庇阴数亩。有一布衣老人隐居山中,耕耨其间,人问其名,老人一笑指桐为姓,桐君山故而得名。又传其医术高超,妙手回春之下,民言皆碑,春满杏林。

我觉得桐君山的最妙,是登临山顶,在八面来风的四望亭中俯瞰山脚下。山脚下就是大名鼎鼎的富春江,状如彩练,或者说更像一条玉带似的分水江,只见两江合流处,中间一道明快的分水线一切成二:左面的富春江浊流滚滚,右边的分水江碧波盈盈。这一番泾渭分明,激浊扬清的场面,让我等身临其境者莫不生出一种高雅的情感和旷野的豪气来。听当地的一位老乡讲，这清流和浊流还时时在争斗着、较量着，谁也不甘寂寞，都想扩充地盘。左面的浊流总夹带着黄沙污水、枯枝败叶，时时竭力地漫过来。每当夏季发洪水时，它更是凭借天时地利，疯狂地想吞并更多的地盘。而右边的清流则总是奋力抵抗，它推涛兴浪，以清驱浊，势死不肯同流合污，大有"不叫冰心付浊流，要留清白在人间"的气概。

记得南朝梁文学家任翙看了泾河、渭河的清浊相争后，便"诗言志"，留下这么两句诗："伊人有泾渭，非余扬浊清。"字里行间，有着某种深刻的意思。显然，生活中的人们对清流和浊流的态度爱憎分明得很。在这方面，水的规格也有高下之分。黄山温泉可以让人沉湎其中，美美地沐浴。路边水坑则叫人避之不及。清冽之水，"可以濯我缨"。污秽浊流，那就只配"可以濯我足"了。

半江碧水半江浑，一分春色一分秋。触景生情，读书明理。面对桐君山下的浊流和清流，我想得很多、很远，想到了做人和人的品格。哲人有言："人生最崇高的事业，就是在世界上做一个人。"而为人处世，应该堂堂正正，质本洁来还洁去，不叫风骨付浊流。总之，一如清溪清流，始终坚定自己的意志和斗志，一路高歌欢唱，浩浩荡荡涤污泥浊水而去。而当乌云蔽空之日，浊浪冲天之时，也坚定自己的目标，扬起战斗的风帆，不做同流合污之辈，而为顶风斗浪之士。这样的清流精神才是可歌可赞的。

第三辑 人与自然

请把鸟笼子打开

某日我听到一首被改编的歌曲,"我是一只小小鸟,飞来飞去飞不高。关在学校,关在家里,作业做得累歪腰……"显然,这种经顽皮学童改编的"校园歌曲",其弦外之音,便是某种不可向家长与老师言传的抗议。所以,我在惊讶之余,眼前也就浮现出被关进笼中的小鸟,其鸣叫春色,心仪蓝天的向往,让人心头涌出酸酸、苦苦的感觉。我也曾读到一位小学生在一次语文统考中所倾吐的心声,更让我掬一把同情之泪。这位孩子写道:老师,我多想好好睡一觉。爸爸,你能带我去放一次风筝吗?妈妈,我们有做不完的作业,回到家,就让我歇一歇吧,求求你们,还我一片蔚蓝的天空……

阳光明媚,外面的世界很精彩。而我们本来活泼的"小鸟"只能眼热心仪,他们在死读书中简直被剥夺了自由飞翔的权利。现在的孩子住在高楼里,老师不来访,同学不来往,远离爬树、捉蟋蟀、跳绳子的童年游戏。他们知道哪位明星名气大,哪个牌子的运动鞋贵,但不知道什么是蒲公英,什么是布谷鸟。他们每天面对的是作业和课本,看会儿电视的奖赏,吃一顿"肯德基"

是慰劳，但看不见日出日落、花开花谢、流星和地平线。他们几乎是置身巧克力、牛奶之中。但所有这些，如同一只金子打成的鸟笼，其意义远非"黄雀得飞飞"的搏击长空可比，打开天窗让鸟飞，这是无数莘莘学子的殷殷期望。

打开天窗，外面天地广阔。我们的孩子尽可去锻炼身体，陶冶情操，饱读生活这本大书，在他们的人生调色板上，应有生活浓墨重彩的写意。鲁迅先生说过："倘只看书，便变成书柜，即使自己觉得有趣，而那趣味是在逐渐硬化，逐渐死去了。"其实如今的学生，埋头读的也只是课本上的东西、一些要应付考试的教材，根本无暇博览群书，因此很多学生甚至不知道有哪些中外名著。至于如何做人、怎样生活，不少孩子则显得不知所措。

实践是一个大舞台，可演话剧；实践是一个大源头，奔流活水。

打开天窗，还更可让孩子们多多实践，吸风云之氧，补生活之钙。"猪圈岂生千里马，花盆难养万年松。"这是至理名言。年轻人要有"不做家雀恋屋檐，要学雄鹰飞天涯"的志向，在实践中淬练，在劳动中锻炼，日后才能成为社会的栋梁。

整天把青少年禁锢在书本上和屋子里，与社会实践"咫尺天涯"，必定阻碍他们的视野，也增长不了他们的社会经验。由此而思，"减负"更要"减压"。小鸟不能飞或飞不高的情况，归根结底还是因为现在的孩子被隐形地"禁锢"了。这边"鲤鱼跳龙门"心切，那边"恨铁不成钢"心急。一方把学生当作成功的筹码，把孩子当作扬名的资本；另一方又把高中状元看作是唯一的康庄大道，当作是子女人生的灿烂辉煌。把这种功利观念当钢筋水泥，封住门窗，小鸟们岂不悲哉！

第三辑 人与自然

秋树的启示

温州的金秋特别凉爽。一个天高云淡的周末,我沿着九山湖畔,一路喜秋赏秋,却见几位园林工人倚梯持锯,大刀阔斧地给树木修枝,只把一些本来茂盛的树木弄得断兮兮的。我虽也明白事出有因,却也难免于内心说了一句"真煞风景"。于是讨教园林工人。他们告诉我,有些树,只有在最蓬勃的时候,截去它的一些繁枝蔓叶,来年才会长得更好,花也开得更旺。原来如此!此景此语,不由得叫人想起古人郑板桥的两句诗来:删繁就简三秋树,领异标新二月花。

仔细想来,园林修剪上的这番道理,在读书上亦有相通之处。书山攀登,学海泛舟,做学问固然需要博览群书,涉猎广泛。但运用之妙,存乎一心。任何知识也有一个过滤或吸收的过程,这就需要我们学会删繁就简。清代学者戴震说:学贵精不贵博,知得十件而不到地,不如知得一件而着地。在每一个学习进程中,就得自觉地做刀斧手,大浪淘沙始成金,去伪存真才学精。太阳烧不焦一张纸,而放大镜的聚焦在一点上,就可以激发燃点,烧出熊熊大火。事实证明,那种拖来黄牛便是马,捡到篮里都是菜的学习方法,正是英国哲学家培根所说的那种"蜘蛛爬行",只会导致人们在学习上如蚂蚁般行走,收效甚微。而善于删繁就简的人,最容易抓住主干,也就是通过提纲挈领和把握精髓,将树修剪成一勺见东海,一仞见泰山的花木盆景。而别出心裁、别有洞天的领异标新的胆略和勇气,在学习中也是必不可少的。当然在这方面的标新立异,应来自知识的力量、思考的能力。韩愈和贾岛关于"推敲"的文坛典故,自古成了定论,似乎没有文章可做了,而著名美学家朱光潜通过"再推敲"后认为,倘若只有一个和尚,那门是他关的,何须敲呢?如果还有和尚,则需要敲了。近代著名的地理学家和气象学家竺可桢,在自学中也很别出心裁。他在毕生的科研事业中,居然能把古诗提升为研究古代物候学的科学文献,让人耳目一新。当他读到苏东坡有感叹梅花在关中消失的诗句,同时联想到王安石也曾借诗嘲笑北方人误认为梅为杏,遂根据这些材料进行科学考证,推断当时华北已不存在梅,气候转向了寒冷,从而为我国的气象学写下了很有价值的一章。

学贵创新,学贵吸收,学贵有独特之见。读书求知,不可拘泥于书本之中,囚死在古人言下,务须独树其帜,发扬领异标新的精神。只有这样,才能使知识之树蓬勃旺发,硕果累累,使学问之花烂漫怒放,芬芳缕缕。

人 参

人到中年，总是接收到有关养生的信息。尤其是在冬天，耳边难免会听到一种很善意的声音——要进补了。把这声音化开来，亦即所谓"冬令进补，开春打虎"是也。而其中的人参，素来属于主角。

在所有的滋补品中，人参当是首选，这似乎少有争议。一个"人"字，其实也道明了国人对这种块根植物的顶礼膜拜。别说传统的中医文化，就是在拉丁文中，"人参"两字，也是被贴上了"包治百病"之亮丽标签的。诚然，从中医学说上看，人参确实具有明显的抗疲劳和提高免疫功能的效果。但在实际使用中，人参并非多吃有利。现代医药学专家就已经借助科技之力，明明白白地指出：滥用人参，会引起高血压，甚至可能导致人体衰弱等。于是，医学上就出现了一种新病症：人参滥用综合征。

将人参综合征引申开来，就是吃了上好的或高档补品之类的东西，却产生了相反的结果。这与中医理论上"虚不受补"的效应竟是异曲同工。换个角度说，这也应了俗话"物极必反"的意思。

由此想到，舒适的环境、完善的条件，的确令人赏心悦目。但是沉湎其中，纠缠于温柔富贵乡，无疑也会磨灭壮志，损了勇气和锐气，耗了大气和神气的。东汉思想家王充，少时家境贫寒，但他十分勤奋好学，每天中餐以粥打发，总以劳其筋骨，苦其心志自勉。他的一位富家同学见他如此，很是同情，一次送去一桌酒席。可是几天后，他再去拜访王充，见这桌子酒席一点没动。王充为此解释说，我吃了丰盛的酒菜以后，吃粥就难了。看来，王充在学业上有所建树，与他深谙"由奢入俭难"的这番道理是分不开的。

自古以来，我国就流传着关于人参能"起死回生，返老还童"的神奇传说，其好处肯定是显而易见的。但是老中医又讲每个人的体质不一样，有的人吃了大补，有的人吃了反而效果更差。由此而思，"水激则鸣，志激则宏"。一个人在顺利的环境下，优越的条件中，正应该"乘东风，鼓干劲"，发奋努力，更进一步，但为什么有的人却庸庸碌碌的不思进取，想来这与过分地贪图享乐也是多多少少扯上了关系。在这世上，事物都是有比较的存在，健康和伤残，顺境和逆境，优越和困顿，也无不具有两重性，既可以成为奋发向上积极进取的条件，也可能成为无所作为的温床。

沙　子

沙子，随处可见的沙子，普通得如同人世间芸芸众生，也差不多等同于路边一丛草、田间一株苗。试问，谁会看到沙子的价值呢？

平凡的东西往往不被重视。虽然金子可以在沙子的怀抱中悄无声息地睡着，但是美人的首饰、将相的金印之类却"尽是沙中浪里来"。生活中，我们也常会听到，是沙子掩盖了金子的光芒。这，简直成了沙的一种罪孽。虽然被哲人们誉为"真是神奇的东西"的金子，确确实实是宝贵值钱、十分有用的，但由此一褒一贬，以作衬托，把沙说得不屑一提、不值一钱，那也是不大公平的。再说如果金子被埋在烂泥中，沉入深山里，要重见天日就更困难。"吹尽狂沙始到金"，正是沙子的牺牲才有了金的幸运啊。

其实，沙子也是可以与金子同价的。据说古巴巴拉德马海滩，沙质特好，洁白细腻可亲可爱，因而被酷爱海滨生活的人们喻为"黄金之地"，是世上最美的沙滩之一。印度尼西亚巴厘岛上的沙滩，也是世界上最晶莹迷人的海滩之一，极细微的贝壳碎片和海沙交融一起，在阳光和月光下熠熠生辉，将人带入一种神奇的梦幻之中。而澳门的黑沙滩则是大陆和海洋共同创造的奇迹,吸引着全世界爱与沙滩和海水做伴的男女,当然还有包括与普陀山连成一片的"千步金沙"在内很多沙滩,都属令人流连忘返的旅游胜地。而在这些全球著名的沙滩上,如果用全部黄金来代替沙子,那肯定不是美妙的。说到底,任何物质都有自己的固定位置和功效,来不得"越俎代庖"。

人们还给沙子贴了一个特定的标签:一盘散沙。如此一贬,很不是滋味。对沙子而言,不妨就散一点,如沙滩之散,却有着无穷趣味。如果换了凝固了的水泥地,就无趣可言了。面对散沙,还有一个如何运用的问题,只有把它与水泥、石子组合在一起,团结在一块,其力量才是顶天立地的。这又使我想起了有人讥讽沙子是"渺小"的话语,可是确切地说来,沙子既是最小又是最大,我们的眼睛可以把方圆山河尽收,视界可谓大矣。然而眼睛里往往就容不得一粒沙子,当然,沙子不能乱放,沙子放到眼里是作孽的事,如同人才的使用一样,沙子也要放到恰到好处的地方,才能显示它的博大。在"万丈高楼平地起"中,在建设工地上,都有沙子和它的伙伴铸成的坚固、结成的壮观。

禾苗不能忘了泥土,鱼儿不能忘记清流,而闪烁夺目光彩的金子、鳞次栉比的高楼也不能忘记沙的浪淘,沙的力量!

事物多两面

人间万象，丰富多彩，也充满了多样性和两重性。你看那"花易凋零草易生"的植物界，有着爱情之象征的玫瑰，偏偏带有小小的尖刺，使得感情一词也多一分深沉。还有含羞草，就那么小小的一棵，风摇曳，手一碰，便会娇情百媚难为情，但若不小心，也会被斜生横长的小刺扎破手指。又如那"高洁清远千红妒"的野兰，居深山之远，藏荒僻之高，又往往与荆棘和刺藤一同生活，共同拥有大山土壤，一并享受雨露阳光——"不容荆棘不成兰"便是它的写照。

同样，弱肉强食的动物世界也有或柔或勇或媚的两重性。被称为"声雷目电震四方"的老虎，可谓凶恶武猛，但也有舐子情深的一面，即所谓"虎毒不食子"。兔子够温良驯和了吧，但"兔子急了也咬人"。这其中的反差是多么强烈。至于"狗急跳墙，鸡怒上房""得意狐狸强似虎，落坡凤凰不如鸡"之类，也就不足为怪了。

透过历史的尘埃，我们也会看到有些苍白的两重性，如秦桧，仿佛一块教学用的矛盾体。虽说那段历史几近铁定，不像胡适说的：历史是一个小姑娘，你爱怎样打扮她，就可以怎样打扮她。更接近于冯英子先生所说："油炸桧才是真正的历史。"但宋体字是秦桧创造的，谁也否定不了。只是"尔曹身与名俱灭，不废江河万古流"，做官太恶，为人太臭，行世遭骂，尽管有些贡献，但老百姓连他名字都不愿提及，这恐怕是做一世人之中最可悲的事。当然，历史也会让我们看到可歌可叹的两重性，你看文人之中，李白击剑，陆游射虎，辛弃疾"醉里挑灯看剑"，洪秀全干脆大呼一声"杀尽不平方太平"，揭竿而起了。因而，这又使我们想到武将之中，岳飞怒发冲冠高歌一曲《满江红》，戚继光沉吟一首"一年三百六十日，都是横戈马上行"的抒怀诗。连西楚霸王也知诗言志，也会轻唱"虞兮虞兮……"呢。

鲁迅先生曾说"采菊东篱下，悠然见南山"的陶渊明，自有"金刚怒目"的另一面。同样，自叹"柔肠一寸愁千缕""人比黄花瘦"的易安居士李清照，亦不缺乏豪放伟磊的气概。民间则有俗话对应："男有刚强，女有烈性。"有时男儿则如玻璃，虽硬却脆，女子则似秀竹，风吹不倒呢！

试金石

小时爱玩磁铁，实在叹服那磁性之奇妙，能把锈针、碎铁之类的铁器牢牢吸住。我在"少年不知愁滋味"的岁月里，真把它当作了魔石一般。一位小伙伴还说，这地球上还有一种奇石，是专门用来试金的，比吸铁石更厉害。

弹指间，人过中年，所谓知天命之年，大块头的金子倒未有缘一饱眼福，只是在女士们举手投足之间，那所佩带的戒指、项链从眼前掠过。一眼望去，也未知是真金或是镀金。其实说起来，要识别真假，也很容易的。某日逛商场，在金银饰品专柜前，见一顾客要做鉴定，柜台内的一老者将那金货往那试金石上轻轻一划，火花闪处，便现了"庐山真面目"。霎时，我一激动，心里便说，这试金石果然了得。对那试金石肃然起敬的同时，不由又生出奇想：如果拿吸铁石来替换试金石，是否可以这样说，任是硫化铜可能也会当作了金子。

民谚云，真才比金子还贵，庸才比锈铁低贱。显然，对于人才的识别，可没有像金子那样容易，只须在试金石上一划。然而"试玉要烧三日满，辨才须待七年期"，凡选拔人才，就须用试金石这种工具进行辨识，从而在德才方面考察，在群众之中调查，在实践中检验。不然，选上了缺德的庸才，是会误大事的。君不见在某些领域或地方，选出的所谓"人才"不仅无所作为或庸碌无能，个别的甚至堕落得令人咋舌。这教训是很深刻的，但也不能说选人者没有责任。纵观选人者"有眼无珠"的"后悔史"，我发现好多人是由于像小孩子玩"吸铁石"一般来选人的缘故，他们往往是拿着"任人唯亲"这一"吸铁石"，凡是能粘住自己的便是好的，否则便加以排斥。于是，"听话不干事"的、阿谀逢迎之徒纷至沓来，有识之士只能"空悲切"。用这种"吸铁石"选人法，入选的如果不是那些烂铁、锈铁，也只会是一些刻意做过加工、镀了一层光灿灿的"金"的假货，到头来，终究要"黄"出本相来的。

今天的时代，需要大批德才兼备的人才，他们要脱颖而出，有更可为的用武之地，在很大程度上取决于选人者如何"选"。记得《玉堂丛语》中有这么一句话："宁为有瑕玉，不作无瑕石。"为用人者计，不妨套用一下，曰："宁用有瑕玉，不用无瑕石。"这样，那些个"锈铜烂铁"便只能到废品收购站去了。

第三辑　人与自然

水　仙

水仙是一种人见人爱的花卉。我爱水仙似乎更甚之。

初植一棵产自漳州的水仙，只须找个盆子，一点不费力气。我对这借水而养、不须泥土栽培的"凌波仙子"，似乎并不重视。所以这个"球"养得也不大精神，显得有些散漫，可能是光照不足，叶子长得有些长而无力。但让人感到惊喜的是，它竟然如期地开了花。其玲珑剔透，暗香袭人，正所谓拴不住一个春天，却留下了一片春色。此后，我就年年与水仙清香相伴了。同时，我也不免赞叹道：一缕清香，就从你小小的身体里散发，每当花事冷落的时候，你就鼓起勇气，携着春光悄悄来临。

"嫩白应欺雪，清香不让梅。"你看她就那么几朵素净小花，却有了一派清幽气质。花朵与叶子搭配得如此和谐，织就出一幅香韵袅袅的清雅画。它深知在春天，难与牡丹月季争艳，难与桃李比高低，便选了冷色的暮冬，给人以宁静恰如水的慰藉。它自知几朵小花不惹人眼，便工于自身内涵的提炼，以阵阵暗香去叩动人的心窗。水仙花开守信，报春总不失时。它们深知团结才有力量，紧密地抱成一团，从最初的几朵，很快地就开出了一簇，开得那么欢欣喜气，且越发蓬勃灿烂。

"天仙不行地，且借水为名。"虽然只靠着一点点水的滋养，显得有些弱不禁风的样子，却敢于顶寒傲冬迎风开。怒放时才能看清纯真的本色，在严冬中读懂了春天的含义。这是水仙的骄傲。难怪花名之中，得冠"仙"名者，唯独此"君子"。看似柔弱纤细，却敢临寒绽放，以一介微不足道的生命之躯，愿和冬寥岁寒抗争。坚贞之气可比菊花，劲节之气不亚梅花。水仙如同一位纤纤素腰红颜女，却充满了堂堂威仪丈夫气，予人以春天的昭示、生活的启迪、生命的吟唱、岁月的咏叹。

更可贵的是它获取甚少，半碗清水，便能维护一生，晒一点阳光，更能花开茂盛。而且它气量也大，常常原谅人们因疏懒而忘了给它换水。从某种角度说，正是具备了这样的雅量，水仙才能透现出令人心怡的雅致来。有时候我想，人们在读书之余，或在工间之累，倘若身边养着一盆水仙，可以仰慕它的容颜，与它的清雅、清新、清趣、清馨为伍，那么你的内心深处，免不了也会生出一股淡淡的诗情来。

第三辑 人与自然

听　虫

　　天热时，见有街坊邻舍把一串清籁之声，喜滋滋地带回家中，一直延续到深秋时分。放荡的山野田畴的粗狂呐喊唱红了两个季节，这是蝈蝈的歌声。

　　蝈蝈，雅称路纬。"路纬啼残，凉秋已到，豆棚瓜架。声声慢诉，似诉夜来寒乍。"这厮也算是季节的"凉热表"了。叫得欢，天正爽，待到竭尽全力叫不动了，则已秋深气凉，寒意袭来。

　　蝈蝈天生有一副好嗓子，叫声远而富有磁性。活在这以人类为主角的世上，是得有一技之长才好，于是"变废为宝"，有了身价。只几颗毛豆，仅一朵瓜花，就喜得这虫儿放开喉咙，唱十里稻花香，唱一片杏树林，唱几处枫叶红，唱塞北大漠黄。

　　凡心里烦躁，生出浮躁的，对它的歌唱，撩不起情感，反嫌其饶舌耳根而感到厌烦。有谙"鸟鸣山更幽，蝉噪林愈静"这番诗意的，对这叫声，当然觉着美妙。而进入秋天，这虫儿叫声更甚。是摆脱了夏天燥热的欢叫？还是进入凉秋的悲鸣？是唱都市的繁华？是忆乡野的恬静？是说同类的苦乐？是叹自身的命运？

167

想象的空间宽大如江河，如琴诉筝唱，似歌叹曲吟。

卧听秋虫闻雨声，这是古人的有趣。试看今人如何？城市的扰攘本来就不长诗意，机械文明统领潮流。推广商业智慧的信息管道，像藤萝一样，越来越长。满世界是单调烦躁吆喝和一些匆匆赶路的行人。直到有一天，人们蓦然发现，很久没有在一个敞亮的中午，闻到花香，听到鸟鸣，吃到香喷喷的大米饭，在钢筋水泥里头的世界久违了大自然的天籁之声。蝈蝈的叫唤，可非扭扭捏捏的娘娘腔，或故作姿态的高声调，更不是极不自然的破喉咙。而是自然滋生，是有节奏的演唱。在自然的无边风月中，显然不可缺少蝈蝈这样的鸣唱。离开有趣的情调十分单调，缺乏诗意的人生大抵干枯。

有些事，我们不能够左右，但心情不可不好。著名园林学家陈从周先生对一位青年缺少"种花一年，看花几天"的心情表示叹息，叶圣陶先生早年离家住在都市，在没有秋虫的地方，他感到乏味少趣。显然，在这些名家心目中，花草虫鸣等是无上美的境界。有了心情，也就有了兴趣。这兴趣尽管不能当饭吃，却生出了精神生活的有滋有味、有声有色，也算是对家常里短的平庸的一点点滋润。

听 景

"会当凌绝顶，一览众山小。"居高临下，俯瞰天下，锦山秀水尽收眼底，这是何等的愉悦和豪迈。

虽说感受大自然美的真谛，领略千山万水的奇妙，需要借助一双眼睛去收获。然而，李太白的"两岸猿声啼不住，轻舟已过万重山"，同样令人神往。竖耳听猿啸，诗人可说是兴会更无前，从而为全诗留下了极大的想象余地。陆游当年在杭州孩儿巷内夜卧假寐，正是听到小巷深处的风雨，联想到"深巷明朝卖杏花"的情景。

"看景不如听景"之说，决非标新立异，哗众取宠。"蝉噪林逾静，鸟鸣山更幽。"这是南北朝的王籍笔下的名句，同样是通过声音的传递，把丛林深处、山水之间我们所看不到的美景，一幕幕地向我们推送出来。这种种想象中的趣味余韵，依我来看，绝不比人们眼睛所看到的景象逊色。有人说朱自清写温州梅雨潭的散文《绿》，太过直观，只不过是一张一般的画作罢了。但他给人的美感享受，因为借助了听的艺术手法，使实际内涵大大超过了具体的风景。文章的妙处就在于作者深知看景虽实在实用，却不如听景有余味有余韵。这是听景诉之于理解力和想象力，得以让人遁入空灵，投入了意境的再创造。

听景，就得沉下来，全身心地去感爱。秋日良宵，托腮临窗坐看雨点潇潇洒洒，雨丝飞飞扬扬，正是那声声入耳的雨打芭蕉声，令你冲出寻常的氛围，不知不觉地投入画的怀抱。"留取残荷听雨声"，李商隐在烟雨朦胧中，在秋雨飘飘里，吟唱的这组诗意，那种缠绵，那份思绪，让人心灵为之颤动。春日天雷初动，更有春笋出土忙。听山农说，夜来在竹林细听，还可以听到竹笋拔节成长的声音。而这些，我们仅仅凭借眼睛的观察，往往是不能够最大化获取的。在这时候，唯有听得细微，听得深沉，听得放达，听得开阔，才能使自己思想的骏马纵横飞驰，让自己的空间更加广阔，才能不知不觉地进入最美妙的自然王国，行进至情景交融的艺术天地。

如果说，看景是坐享现成，那么，听景则完全借助文学修养和艺术素养这两支画笔，去付诸丰富生动的理解力和想象力，去描写心目中的画图。这正像音乐不能直接描写颜色，绘画不能直接发现声音那样。看景的直观局限性，只有用听景来弥补或完善。显然，听景用于文学创作，会使作品更具美的魅力，更能描绘出我们心目中那一片风景的绮丽万状。

第三辑　人与自然

蟋蟀斗场

　　斗蟋蟀是古人的一大乐趣。古人所谓"花鸟虫鱼"，这蟋蟀就被纳入其中。每逢秋季，从宫廷到民间，从达官显贵到市井泼皮，难免都要借蟋蟀对搏而玩个不亦乐乎。蟋蟀们呢，也雄赳赳气昂昂地粉墨登场，胜者风头出尽，败者缺胳膊断腿，生命归乎终结。

　　蟋蟀这东西，可算是雅俗共赏的好玩物。它又名"百日虫"，顾名思义，可见其生命很是苦短的。但其习性如民间所说也算是"风流虫"了。其好斗，恐怕又是恶性循环的结果吧。它在花鸟虫鱼四大风雅公子中，争议也是最多的。曾出过贾似道、马士英这类误国害民的"蟋蟀宰相""蟋蟀相公"，可谓"以万金之资付之一啄"，使其蒙垢千载。宋代朝野上下大兴斗蟋蟀之风，当时的杭州城里将斗蟋蟀与赌博联系起来，使得蟋蟀身价不断提升，成了那个时代的奢侈品。可是，蟋蟀也为苏轼、黄庭坚、曹雪芹、梅兰芳等文人雅士所喜爱。看来，玩物的丧志和励志完全在人而不在物。

　　蟋蟀很早就吸引了人们的注意，历代诗文中对其都不吝笔墨。《诗经》中就有"蟋蟀在堂,岁聿其莫""十月蟋蟀,入我床下"等描述。宋代文人黄庭坚酷爱蟋蟀,竟总结出五条谓之"五德"的东西来。"鸣不失时,信也;遇敌必斗,勇也;伤重不降,忠也;败则不鸣,知耻也;寒则归宇,识时务也。"对照我们小时候玩耍蟋蟀的况味,这是很有道理的。

更深夜静,院子里又闻蟋蟀声,句句唱,时时鸣,声声唱,这鸣叫声至少使我感到有两点可资戒之。

一曰:蟋蟀的别名很多,如蛐蛐、促织等,古语有"促织鸣,懒妇惊"一说,因为蟋蟀叫即意味着秋季已到,深秋已临,冬天也就不远了,贪玩爱耍的妇女们当收收心,抓紧纺织做冬衣了。虫鸣时序又一年,时乎时乎跑马快。这又似在告诉我们:前途珍重,光阴珍惜,莫让年华付水流!

二曰:雄性蟋蟀善鸣、凶猛好斗,故又有"斗鸡"之称。古人有寄语:劝君莫要学斗鸡,总在人前逞强横。人生在世,对许多人事真要讲点宽容和恕道。况且,活在世上何其短暂。才见垂杨柳,回头麦又黄,蝉鸣犹在耳,孤雁又成行。人生转瞬即逝啊!如果我们常常在生活中,在社会里,在同事堆,你架"当头炮",我出"马儿跳",斤斤计较,怨怨必报,那又何必呢?

小黄鱼

黄鱼是名贵海鲜，深爱百姓欢迎。但在早年，像黄鱼这种海鲜，那真算不上是奢侈的东西，比肉还便宜。只是时过境迁，因海洋及自然生态的变化，如今这东西身价高了，野生的黄鱼更几近绝迹。

有科普资料介绍，说每周吃点黄鱼带鱼之类的深海里的海鲜对身体有好处。不过，那种小黄鱼或确切地说是黄鱼的近亲，在市场上仍时有所见，每每提篮小买，500克黄鱼竟也有十多条。这些小黄鱼虽非养殖，或者说是半养殖的，口感自然比不上正宗的黄鱼，但毕竟是顶着黄鱼的名声登台亮相的，因此销路总是不错的。但我每每吃着吃着，就会吃出一丝苦涩，吃出一分思考。

不知道记错没有，记得二十多年前吧，报纸上有"一斤黄鱼二十条"的报道，意在对那种竭泽而渔的行为进行抨击。倏忽间许多年过去了，这500克黄鱼还有十多条，说明仍有一些人只图眼前利益，不管长远之谋，只管在自己这一代对生物赶尽杀绝。如此暴殄天物，特谓之"小黄鱼"现象，也算是一个特定的名词吧。

诱发"小黄鱼"现象是何种心理作祟？很显然，鼠目寸光、愚蠢的想头，就会产生杀鸡取卵的短期行为，就会带来"小黄鱼"现象。其实更不独此事本身，类似事件在工作中、生活里也时有所闻。有的干部的着眼点只是自己的一亩三分地，做事处世总爱搭架子、摆样子，以为这便可以耍猴子、骗傻子；平日里只围着与自己升迁加薪有关的那点儿工作打圈圈，一如既往地搞着"李书记来了种李子，陶书记来了种桃子"那一套，明知是急功近利，偏偏还要杀鸡取蛋，以致树的是"个人形象"。

为官施政，创业开拓，应该具有博大的胸怀和深远的眼光。干部创业创新要"三代论"，要继承好前代的业绩，搞好当代的工作，着眼后代的事业。这样才能一代接一代，接力有来者，推进我们的复兴大业。《增广贤文》中有言："但存方寸地，留与子孙耕。"这说的也是个胸襟和眼光的问题。总之，我们千万不可提前吃"子孙饭"，去干那些让子孙后代耻笑的"透支"行当。凡事看得远一点吧，前人不捕不吃"小黄鱼"，不就正是为了后人一代接一代地能吃到"大黄鱼"吗？

第三辑 人与自然

新茶的韵味

每当春天到来,那跟随春天一起成熟的茶叶便也带着一缕绿色韵味闪亮登场了。倘若此时你去一趟名闻遐迩的杭州龙井村,到龙井茶的发祥地西湖的梅家坞走走看看,便会发现满山的村姑嫂子,一群群的,如朵朵白云一般在茶园飘荡。她们正借着这美色春光,蝶忙蜂勤般地在采摘新茶呢。此情此景,或许难免会让你感到明代董汉臣在《龙井试茶》中写的"一吸赵州意,能苏陆羽神"的那一种浓浓诗意,其无穷韵味或许正藏在青叶碧水间呢。

在我国历史上,爱茶者甚众。其在文人墨客,则尤以苏东坡爱得最为痴情,爱得深沉。作为杭州市"老市长"的他,"曾游诸寺,一日饮酽七碗",还学王羲之"书成换白鹅"的风雅,专门访问种茶的僧人,以蒲团与宝岩院僧人换取茶叶。

其实,不仅品茶是一件令人心旷神怡的快事,炒新茶也是一件有意思的乐事。因为那是一种创造,是一种送旧迎新的实践。一杯蜜糖千朵花,半斤茶叶万滴汗。为了给人们送去香醇和美味,茶农把炉火烧得通红,干柴烈火交融在一起,发出"噼噼啪啪"的声响，真如一曲生动粗犷的交响乐。这时，炒茶好手纷纷登场，于热雾弥漫中熟练地炒着新茶，妇女孩子在一旁喜滋滋地帮着忙，一时间只把整个村落熏得随风飘香。这样的场面，虽说不够宏大，也谈不上壮观，却着实透现出一种平头百姓对生活的执着和对人生的热爱。

苏东坡有词曰："休对故人思故园，且将新火试新茶，诗酒趁年华。"我觉得他是从炒茶中明白了一个真谛，那就是创造出新，才有醇味浓香。文坛上，苏东坡无疑是一位标新立异者，作品有着"横看成岭侧成峰，远近高低各不同"的独特意境。他独辟蹊径，一扫陈旧之风，主张燃起"新火煮新茶"，从而创出了一代清新的词风。

今天，"新"字更体现出了我们时代的特征。勇立潮头固然要冒风险，破旧立新自然要花力气，但这毕竟是我们的历史责任，也是我们人生的奋斗目标，尽管免不了艰辛，但这样的过程是喜悦的，也恰如我们的茶文化有着诱人的魅力。通过采新茶，再到炒新茶，最终得到了"品新茶"的乐趣，这似乎是一个普普通通的常识，也是一个实实在在的道理，你说是吗？

第三辑 人与自然

银杏与白菜

我家门外的马路边植有银杏树，这是近些年开始流行的行道树。银杏是一种奇特的乔木，它的奇特不仅在于它的叶片与果实，更在于它的长寿。

银杏俗称白果树，论自然价值，那该够得上与出土文物媲美了。此树大约在200多万年第四纪冰川大劫难中留了下来，因几乎濒于绝种，所以就成了植物中的"活化石"。据说在遭原子弹袭击的广岛废墟上，最先吐绿的就是这种银杏。郭沫若曾有《银杏》一文，礼赞这一"东方的圣者"。在民间，它还有一个很有意义的土名——公孙树。这是因为银杏树长得慢，结果也不容易，往往是公公这一代栽下树，恐怕要等到孙子这一代才可能吃到果子。那淡黄色的果实也很有味道，香糯糯的略带一丝丝苦味。而在秋末，银杏叶的金黄色彩更是令人注目，可以这么说，一棵满树华盖的古银杏，就是一道浓墨重彩的美丽风景。

与银杏相比，别的果树的果子，"见效"就快了。"桃三杏四梨五年，栽树十年可成材。"这是自己种树自己摘果，显然属于"现实主义"。如果嫌这还慢，那么种小白菜则更快，差不多个把月时间就能尝新果腹。君不闻有"雨后小白菜,天天长身体"一说么?当然,小白菜有小白菜的好处,毕竟生活少不了它,吃腻了大鱼大肉者,更少不了它的清淡爽口。

事实上,种树植苗,既有眼光问题,也有角度问题。都求小白菜种收之快,恐怕我们永远也吃不到好果子。急功近利,图一时之快,为一己之利,这实是单一的、短期的行为。银杏树,种的是远见卓识;小白菜,种的是眼前实惠。栽树种菜如此,养花莳草如此,为人处世亦如此。人类的种德之路,往往漫长而险阻不断,而种罪之路倒常常属于图名获利的一条捷径。然前者永生,后者死亡。足见这是两条截然不同的人生道路。

银杏因坚韧而久远,这显然是白菜们可望而不可及的。我也由此想起了臧克家的一句诗:"有的人活着,他已经死了;有的人死了,他还活着。"自然,活着的是灵魂,是品德,是人格。确乎,做出牺牲,付出代价,为后人考虑是重要的,想得长远些是要紧的,千万不可"新蒲新柳三年大,便与儿孙作屋梁"。不然《增广贤文》就不会留下"但存方寸地,留与子孙耕"的告诫了。

第四辑　谈古论今

"模棱手"苏味道

忙中偷闲,读点历史也是蛮有意思的。这并非只是思古之幽情,为捕获一些宫闱野史而添加兴奋剂,而是在茫茫史海中,寻找一些发光发亮的东西,以资借鉴,以求警策。

唐朝有个苏味道,说起来,也算是苏东坡的先祖。这苏味道颇具文才,他有一首《正月十五》的诗,其中的一句"火树银花合,星桥铁锁开,暗尘随马去,明月逐人来"就给后人留下了深刻的印象。但苏味道在官场上干得并不出色,没什么业绩,更谈不上什么创新或改革。苏味道有一个最大的硬伤,就是决事不果断,凡事模棱两可。由于他说话含含糊糊,表态吞吞吐吐,做事躲躲闪闪,因此被时人称为"模棱手"。武则天做皇帝时,苏味道居相位,却实在是庸碌无为,处理国之大事从来不明确表示自己的态度,而是看皇上的眼色行事。他或许是读懂了伴君如伴虎这个至理明言,于是为保住个人的地位和安全,就开启模棱两可的安全模式。

一朝做官,终身为仕,这原本是封建社会企望做太平官、保险官、安乐官的信条。能保住一顶官帽,也就保全了终身的荣华富贵，因此历史上就出现过一些老牌的"保险官"。苏味道这类人可多着呢。后汉时期，有一个人叫司马徽的，极善恭维奉承，见人总是低头哈腰，凡事总说一个"佳"字，行为处事就像泥鳅，圆滑得很。春秋时期还有个叫高纠的，亦不比司马先生逊色。他在晏子手下做官三年，只知道点头称是，是活脱脱的木偶一个。

我们可以理解，在封建社会，官场上持这样的做人处世之信条的大有人在。在风云变幻莫测的官场，或许能保全了乌纱帽，保护了他的荣华富贵，但百姓的利益、苍生的死活，那肯定是不想多管，也管不了多少。而这样的官，你怎能希望他会为了江山社稷办实事，做贡献呢？要在本职岗位上创造一番成就，那也是绝不可能的。

历史上，朝为田舍郎、暮登天子堂的幸运是有的。但这样的事，在人海茫茫中，不啻是凤毛麟角，犹如今日博彩业的大奖，被摊上者真是如大海捞针。而仕途浮沉，恰似怒海一叶扁舟，一位位新贵粉墨登场，一顶顶乌纱帽转眼落地，今日座上客，转眼阶下囚倒是司空见惯。因而一些封建王朝中的官员，每每"足将近而趑趄，口将言而嗫嚅"也就不作为怪了。乐做"保险官"，甘为"安乐王"，也是明哲保身的一种生存手段了。对此，我们就不妨多读读历史，明晓事理，避免这些个模棱人物重现官场。

别样的巾帼丈夫

杭州西子湖畔,有秋瑾墓,每到此处,我总是肃然起敬。吴儿弄潮,越女善剑。秋瑾之正气刚烈,为湖山平添佳话,使西湖陡增骄傲。"男有刚强,女有烈性"这本是老话。以我看世事,倘若做女子的除却温柔的一面,脾性意气显得刚烈一些,也是极富人格魅力的。

古有花木兰,替父去从军。这巾帼英雄花木兰在"阿爷无大儿,木兰无长兄"的境况下,毅然抛下机杼,远赴边关,替父从军,保家卫国,留下了千古美谈。豪气刚烈中更有深明大义的,在范晔的《后汉书·烈女传》中就有一位乐羊子妻,当她的丈夫外出求学,久行怀思而跑回家中,她二话没说拿起剪刀跑到机杼边说:我织的物品从一丝丝到一寸寸积累起来,方成丈匹,现在我剪断它,那么以前的工夫都白费了,郎君求学中途而废与我剪断布匹没什么两样。乐羊子闻言十分惭愧,复还终业去了。乐羊子之妻实属让丈夫汗颜的贤妻,夫君出门求学,她恪守妇道,勤于机织,其苦堪叹。当夫君思家归来之际,她并没有卿卿我我,倾诉相思之苦,感叹耕作之劳,反而规劝夫君志存高远,以成就学业为重。她仅仅是个连姓名也没有留下的小女子,按现在的话说,可能也没什么文化,却是胸襟宽广,深明大义,这才是真正意义上的"有文化"。

看先秦故事,总觉得那时候的中国人活得很是豪壮刚烈,特别像一个大写的人,便疑心东方文化曾有一种春秋精神、春秋人格。这人格的特点之一是:自尊、知耻、忘我、利他。在行为取向上则表现为:轻生死,重然诺。士为知己者死,为亲爱者死,为朋友死,为集团死,为国家死,甚至仅仅是因为一句话而死,死得洒洒脱脱,不犹豫不遗憾。其实,又岂止社会中的"士"者如斯呢?你看,世风所渐,就连那些个妇女也个个深明大义视死如归!

伍子胥亡命之前放心不下妻子,对其说:我想逃奔他国,借兵以报父兄之仇,你可怎么办呢?妻子生气地申斥道:大丈夫含父兄之冤,如割肺肝,何暇为妇人计耶?子可速行,勿以妻为念!遂入户自缢。伍子胥落难逃到河边,一浣纱女看他像个落难英雄,便不顾涉嫌赠他以饭食,他却嘱咐人家不要泄露其行踪。结果一回头,那女子已抱石投水了。这样的女人,其品格与操守,无疑闪烁出人世间半壁的光芒!

前面讲的倘是一些没有多少文化的人之所为,那么有学养、有知识的女子之烈,则更婉约、更艺术一些,岳母为子刺下"精忠报国",那是其刚气烈性在后代身上的延续。孟母择邻而三迁,也是其望子成龙的理智选择。在中国历史上,这类明大义、顾大局、晓大理的刚强女子甚多,只怪史书收不尽。她们的言行举措,可说是一笔宝贵的财富,是一种楷模,是一面镜子,似在告诫世人!

伯乐的私心

伯乐相马是一个经典的故事,也给了后世不少的启示。

我们着眼于现实周边,无可否认,在关于人才挖掘和利用这件事上,有的人确实耀眼,那份劲头,我看送顶"伯乐的帽子"戴戴也没什么不妥。但偏偏"花无百日红",事实又会叫你更新观念:这种人不仅只是赶了会儿时髦,甚至后来还放出了治马的功夫来着!

有的为官者,内心总有一种不正常的声音:人才是我发现找来的,就必须像驯服的牛,唯唯诺诺、老老实实听我的话,不然就是忘恩负义。在工作中比别人"能"可以(有时还把人才作为甩别人的王牌),超过我那可是狂妄自大,不给点"下马威",来些"绊马索"还行。诸如此类的想法,在这些所谓的"伯乐"身上恰如优点一般突出。

我还曾有幸看到这么一幕,一位机关领导为了工作中的一点儿事,对一青年干部大光其火:"你太没良心了,也不想想你有今朝,靠的是谁?"工作与举荐看来一定要用感情这根线串着的,被选拔上来的人也就应该认定是那个人的恩赐了,不"漆身涂炭"报之，实是忘恩负义。如果今生不报尽，还得来世再报罢？

我不禁疑惑起来。要说这些"伯乐"当时是千辛万苦才从盐车下发现"千里马"的，这或许是事实。但茹苦含辛为哪般呢？要"千里马"作为自家的"机器人"？我内心滞留着这么一个不大不小的问号，凑巧又读到《庄子·外篇·马蹄》一文，发现二千多年前的庄周就曾揭发过伯乐治马的荒唐举动。他说这伯乐相马后很有些骄傲自大，竟到处游说自己善于治马。有一次还给"千里马"们吃了剪毛、削蹄、烙火印、加笼头等苦头，这样一番折腾后，悲乎哉，千里马竟死了一半以上。而现实中，有的"伯乐"对"千里马"的惩罚手段也多样化。自然也不仅止于"君子动口"，反正是你不跑在我的道上，便造谣惑众，搬弄是非，百般刁难，处处掣肘。至于"下马威""绊马索"等，更是熟练使用，让千里马们够受的。对这些不一而足的治"马"行径，明眼人一看便知：这是狭隘的个人主义歇斯底里大发作。如果这种人也能冠之"伯乐"名号，有如六耳猕猴妄称孙悟空一样，真真羞死了。

我想，挖掘和选拔真才固然十分重要，但无私地使用和爱护人才更是必不可少。愿那些至今还在治"马"者，丢掉那点可怜的一己私利，"放下你的鞭子"，松开"绊马索"吧。

陈蕃的扫帚

闲时读史，颇觉前人留下的格言不俗。范晔的《后汉书》卷六十六《陈蕃传》云："蕃年十五，尝闲处一空，而庭宇荒秽。父友同郡薛勤来候之，谓蕃曰：孺子何不洒扫以待宾客？蕃曰：大丈夫处世，当扫除天下，安事一室乎。这薛勤是个明理明智之人，赞扬了他一句后，又反诘一句：一室不扫，何以扫天下！"这一声问如春雷惊蛰，振聋发聩。

陈蕃其人，也是青史垂名的。"物华天宝，龙光射牛斗之墟，人杰地灵，徐孺下陈蕃之榻。"连王勃在滕王阁序中也曾点到过陈蕃其人。陈蕃，字仲举，东汉桓帝时任太尉，与李膺等人反对宦官专权，为世人敬重。灵帝时与人合谋诛杀宦官，事败被杀。"扫天下"这段文字记载陈蕃 15 岁时的一则轶事，颇受后人赞赏。对此，宋代诗人杨万里也曾写一首《读陈蕃传》的诗，对少年陈蕃的做法提出批评。诗云："仲举高谈亦壮哉，白头狼狈只堪哀。枉教一室尘如积，天下何曾扫得来？"他认为陈蕃仅仅高谈"扫天下"是毫无用处的，自己家中的灰尘如今都打扫不了，怎么能去扫除天下的灰尘呢？这是很简单的道理。好在陈蕃闻过则思，幡然改进，终于成就了大业。

"扫一室"是小事，"扫天下"是大事。但干大事要从小事情做起。如果连区区小事都不愿做，不会做，怎样能干成大事业呢？不积跬步，何以至千里？不积涓流，何以至大海？要实现自己的远大理想，必须从小事做起，经过不懈的努力，付出艰苦的劳动。这犹如登山，只有脚踏实地一步一个台阶，一步一个脚印才能够到达光辉的顶点。生活中，我们时常看到一些人谈理想：说志向时慷慨激昂，滔滔不绝，但在实际工作中却眼高手低，碌碌无为，这样的人只能是语言的巨人，行动的侏儒，到头来一事无成。由此看来，杨万里对少年陈蕃的批评可谓一针见血，切中要害。

天下大事，必作于细。在沙漠中寻见一点绿，在黑暗中搜到一线光，在机械破件中觅得一点美，这原是对生活知足的一种信念，也是一种孜孜的追求。我们不能拒绝做小事情，许多大事情，往往都要从小处着眼，才能聚沙成塔，集腋成裘。

丑角非丑

凡戏曲，都少不了丑角反衬。尽管丑角在台上可能受到嘲弄、讥讽甚至厌恶、鄙视，但在台外也都是颇受重视与尊敬的。

据说，尊重丑角，还是有渊源可溯的。这渊源便涉及古代的两位君王。上有所好，下必甚焉。一说是唐明皇通音律，在梨园教习演戏。因为丑角嘲讽时事，无人斗胆敢演，于是明皇便自己饰丑角，每每演将起来也是有板有眼的。二说后唐庄宗李存勖，好与伶人演戏唱曲。有一次，他扮演丑角，连呼：理天下，理天下！这时有个戏子闻此，大约是出于捍卫艺术的严肃性，或者是还沉浸在剧情的氛围中，他突然跳上前去，扇了皇上两个耳光，厉声喝道：理天下只有一人，为何叫两声？旁观者见此人胆敢打天子犯龙颜，想他小子此命休矣。谁知这皇上竟连连认错，频频道歉，事后还重赏了这个戏子，自此，丑角的地位也就光鲜起来了。

一个小丑进城，胜过十个医生。这是老外夸张式赞美丑角的民谚。看来尊丑角竟还是中外统一的。在国外的一些马戏班子里，也多有众星捧月般地以丑角为班底的。而这类花脸小丑，倒也不负众望，往往十八般武艺件件精通，弹、唱、演、逗，插科打诨说笑话，嬉笑怒骂评天下，都会来一手，演一番。所以小丑又有通才或全才之称。丑角在舞台上，总是逍遥自在，挥洒自如，自由得很。作为小姐闺秀，才子官人，不可多走一步路，不好多说一句话。做丑角的倒是进出随便，恰到好处的几句俏皮话，或一番抢白言，总能叫人忍俊不禁。丑角表现的人物，当然有赃官、无赖、清客、师爷、军头、刁妇、小人、媒婆、伴娘等等，但内中不乏善良且诙谐的人物。《七品芝麻官》和《徐九经升官记》中的主角，均喧宾夺主，由丑角扮演，演来真是别具一格，妙趣横生。唐知县的不畏强暴、刚直不阿，徐九经的睿智周旋、巧语惊人，让人在滑稽的品味中、在会心的笑声中，得到有益的启迪，也留下了深刻的印象。让观众能从丑角的表演中，得到一种意味深长的美感。享受笑一笑、品一品后的苦涩和余甜，难怪人们有"丑角不丑、丑角出美"的评价。

大千世界，方方面面，有美好也有丑陋，人生的舞台内外都不例外。在艺术的天地中，在剧种的流派里，用丑角去展现美和善，这是老百姓喜闻乐见的。事实上丑角的风趣诙谐，言之尖利，演之生动，妙语连珠，不仅趣味迭出，且能有效地发挥潜移默化的醒世劝人的效果。这种"丑"，可说是接地气，有人脉，易于被人们所接受。唐知县那句"当官不为民做主，不如回家卖红薯"的话不胫而走，口口相传，想来便是明证。即使是单纯的或并无深层的意义，只要能给观众增添一分乐趣，使人开心之余，看到人生美好的一面。

大人物的雅量

在六朝古都的南京,有一处皇帝墓地,当属江南最大的帝王陵墓。不言而明,那是"放牛厮儿"出身的明太祖朱元璋葬身之地——明孝陵。

明孝陵坐落在紫金山南独龙阜玩珠峰下,墓地规模宏大,建筑雄伟,形制参照唐宋两代的陵墓而有所增益。然而有一点很奇怪,就是陵前有石人石马的神道与别处绝对不同,不是笔直的,而是绕了一个弯。

虽说后人,认为明孝陵的营建体现出深刻的文化内涵和杰出的设计思想,但这样的墓道形式也未免太洋气了吧,它可与传统的风格大有偏差。对此,当地的一位史学爱好者道出了一个有趣的掌故,说是当年修建陵墓时,风水先生选就了上佳地址,却发现神道上有一座古墓挡住了去路。当朱元璋知道此事时问:谁的墓?答曰:孙权的。老朱听罢哈哈大笑:不要拆,不要拆,孙权也算是一条好汉,就让他给我守灵吧。于是神道就绕过孙权的墓成了曲径。故事并非有趣,但能说明,对如何画好自己一生的句点,朱元璋是颇费心思的。换个角度说,此公至少在这事上还可算得上是"肚里可撑船,额头好跑马"。

明孝陵的故事让人想起外国也有一个皇帝,在史书上划出了一道闪光的小细节。15世纪的一年秋日,在巴黎的大街上,一天晚上有个窗口竟突然抛出一包尿液,令人心惊肉跳的是,这东西正好扑面打到正在散步的一个人的脸上。按常理推测,这下子必定会有人脑袋瓜落地了。须知,这散步的可是杀人不见血的独裁皇帝路易十一啊。然而当独裁者问清是一位学生所为时,不但不怪,还赞扬奖励了这学生勤奋好学,连撒尿都不上厕所。当然他还叮嘱了这个学生,还是要注意环境卫生。

正所谓"处世莫要小心眼,做人终须大肚皮"。像路易十一干的这件事,通常很少会有人相信的。尤其是一个向往自由的、嫉恶如仇的公民,总会是正能量爆满的。他不但不愿相信的,甚至还会反问:哼,这类的独裁者,哪能有这样的软心肠?应该说,眼睛是容不得一粒沙子,这是对的。但对于一般事情,总得有些胸怀雅量,对人宽容一些,中国的皇帝和外国的皇上,都给我们上了一堂肚量之课,让我们懂得海纳百川、有容乃大的道理。

钓台触景

桐庐之地，山清水秀，古韵悠悠，无疑是一个宜居宜游的好去处。我也挺喜欢桐庐，这里除了自然的风光景色，以及山居生活特色，似乎还有那一幅引人入胜的《富春山居图》。

在桐庐，让人向往的地方还有很多，其中值得一提的便是严子陵钓台。"云山苍苍，江水泱泱，先生之风，山高水长。"此所描绘的，正是我所向往的东汉时期的隐士严光（子陵）的垂钓处。在严子陵钓台，流传着这么一个故事，说是刘秀一统天下做了光武帝，不忘故友严光，三番五次要求他进京做官，而子陵都婉言谢绝。后终被邀去京城，夜晚还与刘秀同床而眠。严光本是洒脱之人，在酣睡中竟将脚搁到了皇帝的身上。第二天，一位大臣奏曰：臣夜观星象，见青龙被客星所犯。刘秀一听，哈哈大笑说，这是我与老朋友同床共眠啊。细品故事，感到严光乃一介布衣，为人坦坦荡荡，"天子呼来不上船"，很是让人佩服。而刘秀皇权在握，仍不忘故友，和草寇布衣的平民欣然相处，也颇难得。不像陈胜揭竿起义后为王，儿时的朋友回忆往事，仅仅酒后说了一句：我们小时候一同放过牛，打过架。就这么抖了些往事，讲了点糗事，于是脖子上的那圆瓜子就被摘了。

严子陵甘愿清苦、淡泊名利的品质一直为后世所景仰，而其留下的"客星"碑铭，自然让人感慨不已。据说明代有位赶考的士子曾路过这里，写下了诗一首："君为名利隐，吾为名利来。羞见先生面，夜半过钓台。"古人的豁达之心和羞愧之意如此亮堂，也是一种高风。严子陵退隐和光武帝的念情，俩人的大度和豁达，留下了一份告诫，留下了一段佳话。

我以为古代君臣或者上下级的关系恐怕也是一面镜子，有心人往往可做借鉴。如今一些官员，生就势利眼，一旦手握实权，便额头朝天，他们不仅沉醉于"门前车马喧""谈笑有鸿儒"，还不屑结穷亲，只做大款常客。

青青微雨鱼儿欢，微微风和燕子斜。这种境界和氛围，显然是干部和群众双方谋求的结果，也是更上一层高楼的欲望所在。而对于那些老爱发号施令、颐指气使的势利官员，我们不妨给他讲讲光武帝与严子陵的故事，从而使其不忘根本，不忘给人民群众做些好事，办点儿实事。

东坡的肚皮

话说前几年，法国的《世界报》组织评选"千年英雄"，全世界一共评出 12 位。令国人惊喜的是，北宋的苏东坡竟名列其中，而且还是唯一入选的中国人。

人生为何不快乐？只因未读苏东坡。这句话一度很流行。北京师范大学李山教授对此有一番妙语："跟苏轼一扯上关系，猪肉变成了东坡肉，变成了美味；西湖变成了西子湖；三个标志变成了三潭印月，所以大家为什么喜爱他？你不能不喜爱他，他就是这么可爱。"这不，写过不少锦绣诗文的苏东坡，就连肚皮也很可爱呢！

在老百姓心目中，苏东坡不仅是大文豪，也是一位好官。他心忧天下，看不惯朝廷上一些小人的做法，肚子里的一股气便嘟嘟地上来了。一次，他腆着肚子在庭院里走来走去，大约是一时身边没有知音可以一吐为快的缘故。就问家人道，我肚子里有什么东西呀？于是有人答是满腹文章，有的说尽是才智妙策。但苏先生却一一摇头。这时有个丫环灵机一动，说是满肚子"不合时宜"，一肚子牢骚。东坡一听哈哈大笑。

同样是腆着大肚，有些人却是盛了满肚子的坏水，比如安禄山。如果说东坡那个肚皮里，还有忧国忧民的成分的话，那么安禄山的肚皮却让人感到害怕了。据《资治通鉴》记载：那一日，唐玄宗正在殿上端坐，安禄山大腹便便地走了上来。玄宗问他，你肚子这么大，里面有些什么东西？安禄山接口便道："更无余物，只有忠心耳！"一句话，竟说得皇帝心花怒放。但是如簧之舌巧弄时，正是野性膨胀日。后来历史上的"安史之乱"就成了极大的讽刺，也证明了安禄山的一肚子坏水，成了历史的祸水。

为什么对肚皮看法迥然？唐玄宗由于让阿谀和虚假蒙住了眼睛，他看安禄山的肚皮自然是艳若桃花百般美妙了。但在局外者看来，就显得丑陋无比了。

美与丑是美学范畴中的正反两极，两者互相依存、不可欠缺。那么，用美和丑是否可以一概而论世上的一切事物呢？这是不能的。因为在美与丑之间，还有一个无法规定范围的中间地带，有些事物既不好也不坏。

记得南北朝时有个书生，他在太阳底下挺着肚子晒着，还说是"晒书"呢！这书生迂腐乎？癫狂乎？有趣乎？我们一笑了之可也！

羹里羹外

中华饮食文化博大精深。羹,一种带有胶质或淀粉的浓汤,有甜有咸,更有着独特的意境,隐现着历史的情调。我们可以透过那诱人的稠而鲜美的液体表面,去找寻一碗羹所能弥漫的季节风云和人情世故的杂烩味道。虽然在岁月飘逝的风尘中,我们尝不到那份美味,却嗅到了历史和人文的缕缕幽香。

古人往往是很看重一杯羹的。苏东坡在"最难风雨故人来"的雨夜,与文友王元直饮酒,兴酣之时,他亲自下厨作虾羹。在古人看来,做东家的下厨做羹,既是礼节也是情谊。晋人张翰,因秋风乍起,心中泛起了"莼鲈之思",竟生出辞官归隐之念。宁要美羹尝,不要高官做,这在现代人看来是匪夷所思的。或以为是托词,这也表明张翰对时局混乱有先见之明。

杭州名菜"宋嫂鱼羹"名气甚大。据传宋嫂原是北宋汴京人(今河南开封),以擅长制作鱼羹而闻名汴京,至南宋时,举家南迁,在西湖苏堤下继续卖鱼羹,以维持生计。一日,宋高宗乘船游西湖,船泊苏堤下,听见有人以汴京口音叫卖,就差人前去探个究竟。老太监认出这人竟是当年在故乡卖鱼羹的宋五嫂。宋高宗一听，油然升起他乡遇故知的情怀，于是召宋五嫂上船晋见，并且命她端上拿手的鱼羹来献；高宗一面享用鱼羹，一面与宋五嫂聊起家乡事，两人相谈甚欢，所有的前尘旧事都涌上心头，让这碗美味的鱼羹更添了一份家乡情！高宗对鱼羹更是颇多赞誉，特别赏赐纹银百两给宋五嫂，这事一传开，"宋嫂鱼羹"自此扬名杭州城，成为一道江南名菜。

在封建社会里，一杯羹是具有内涵和分量的，有时竟关系到一个国家的存亡，一段历史的演绎。有"染指"一词，典出《左传》。说是楚国把鼋献给郑灵公，公子宋极想一尝这做成天下极品的美味鼋羹，却没有他的份。怒的驱使，奇的心理，馋的诱惑，使他气恼之下，把手指伸进盛羹之鼎，尝了一下，急急而走。在美味面前破例成了奴隶，也往往会暴露出本性。在"春秋无义战"的一场场战事中，中山国的灭亡就有这样的起因：中山国君宴请大夫，因羊羹太少，不能人人遍食。大夫司马子期因没吃到羹而怀恨在心，一怒之下，投奔楚国，并以三寸不烂之舌说服楚国征伐中山国，导致中山国灭亡。又是春秋时代，宋国与郑国作战前，宋将华元烹羊羹款待将士，而为华元驾车的羊斟没分到。作战时羊斟大呼："畴昔之羊子为政，今日之事我为政。"言毕，驾战车冲入郑之阵地，遂致华元被俘，宋大败。

这些事例启悟我们：分不到羹，气度不妨大一些，为一点口腹之欲而去干亲痛仇快、投敌叛国的事，那也真的是不忠之士、不义之人了。这也告诉人们：有时候所争也并非只为一杯羹，是为求平衡，是为图尊重，忽略了这一些，又赏罚不明，是非不分，那就必定会埋下隐患。

槐树的启迪

　　游山玩水拓视野，行走江河多见闻。每一次出差或旅游，我总觉得这应是长见识、扩境界的一次机会。只要你有心有意，往往就能沉醉其中，领略山水的声音，读懂江河的内涵。

　　中华有五岳，位处中华文明之地的东南西北中，底蕴深厚而声名远播。这其中，我总觉得中岳嵩山给人的历史启迪特别多。举一例，在嵩山书院南侧，有两棵根深叶茂的老槐树，同样名气不小，但见华盖披天，枝干傲云，自有一番独特的姿态。你走近观察，便可发觉这两棵树确实长得很古怪。一株槐树东倒西弯，一株槐树胸膛裂开。这两棵树在当地还有一个传说呢。说是宋皇帝，御驾游嵩山，他缓步走来，先遇一棵硕大槐树，长得雄壮非凡，便金口一开，当即封它为"大将军"。然而，当众人簇拥皇帝来到屋后，不料又看见另一株槐树，竟比刚才册封的那棵树还要高大威猛，此时皇上觉得金口难改，无奈之下，只得封这棵树为"二将军"。据说被封为"大将军"的槐树，由于受宠若惊，变得东倒西歪，正应着"得意忘形"这一成语。而后面那棵被封为二将军的槐树，则觉得委屈而愤愤不平，只把自己气得肚子裂开，成了一棵空心树。

虽然是传说，却也有趣，不妨姑且听之。这个故事在旅途中通过导游而传播，多少也能给人带来轻松一刻。但我们稍微再品嚼一下，从中则能有所启迪、感悟。这两棵大树对得失也太爱计较了。一个因虚名而洋洋得意，一个因妄评而耿耿于怀。受到委屈之时，为争一己声名而气冲霄汉，怒发冲冠，这犯不着。而当收受虚名而膨胀困扰，洋洋自得如斗胜的公鸡飘飘然，像飞行的柳絮，气扬扬，这就荒唐了。所以，我们不要为虚名而困扰，而要追求一些实实在在的东西。浪得虚名，徒有其名，别人也不会买你的账。所谓金奖银奖不如人家夸奖，金杯银杯不如大家的口碑，就是这个道理。倘若你是一位领导，对你的成绩或成就的最终评判，在清醒的老百姓口中。你受了委屈，遇到不平，更应不忘初心，坚持操守，不可垂头丧气，而应该振作起来，一如既往。

豁达者赞

历经沧桑，饱览世事，拿得起，放得下，这种境界很高。而今之人，闯世界，走天下，创事业，交朋友，廓清人和事，看清世和路，要有山高水阔的气度，拥有海纳百川的肚量，以坦荡的胸襟与率真的本性，方能对得起自己，也无愧对于他人。

度量是一份力量，豁达是一种学养。格兰特，这位曾叱咤风云的将军，有一个鲜明的特点就是豁达。他指挥千军万马，打过不少胜仗，更是打赢美国南北战争的功臣。他看似高高在上、威风八面，却总能容忍各种指责和批评。而在战争胜利后，林肯总统给他授勋章，让他上台向现场官兵讲几句话。他坦荡地说，我不习惯讲话，嘴巴笨，我一向怕讲话这个玩意，一讲演更是紧张直冒汗，你饶了我吧。的确，我们身边也有许多优秀者，不善于表述自我，他们讷于言而敏于行，总有一些方面的短处。要紧的是，他们对自己的弱处有着自知之明。显然，格兰特就很有自知之明，也很坦荡和真诚，毫无矫揉造作之态。

法国将军陶美尼，也是一位坚毅而豁达的人。1814年秋季，他在打仗时被敌军炸断了一条腿，被紧急送往医院之后，经过治疗活了下来。负责他生活起居的年轻勤务兵难过地哭了起来。将军斥责道：男子汉，哭什么哭啊！你忘了军人只能流血流汗，不能流泪。以后我只要穿一只皮鞋就好了，多方便啊。对你来说，也轻松了许多，你只要擦一只皮鞋就够了，多好多省事！一番话既乐观又幽默，竟成了历史名言。一条腿硬是没有了，但将军在意的不是已经失去了一条腿，而是怎么面对现在，以及今后的自己。他还懂得去宽慰别人，安慰他人，这种襟怀心胸，让人多么感奋！

　　做人是需要一点精神的，是需要一些诚意的。活得豁达，是一种心态，更是一次修行。豁达者，恰如冬日的阳光般明媚动人，夏日的星星闪闪发光，配得上这世上的美好事物。无论你的事业成功与否，身处这个适者生存的社会，无疑是需要一点雅量，需要一些涵养的。而这两位将军，其待人处事虽然各有千秋，各不相同，却也从不同的角度告诉我们这些平凡的人，遇事需要豁达些、大度一点，处事应该理智些、冷静一点，而且略微有些幽默或洒脱，这对人对己都有益处。

井内井外

中国人的井文化可说是独树一帜、别具一格。

这里说的井，无疑是"从地面往下凿成的能取水的深洞"的水井，而非"大家族"中的矿井、油井、盐井。人类造井的意图，无非就是汲水所用。然而这井的存在或所体现的内涵，是令多数人意想不到的。在不少时候，这饮水之井，竟发展到了为"自杀"所用。"投井自杀"这四个字就有此意，而人类专门爱找井口跳下舍身的事例可说是俯拾皆是，就是在《红楼梦》《清宫秘史》等经典之作中亦难以避免。想来也是让人唏嘘不已之事，但见他或她那么"悲切切，忘却身后事"地一跳，自此就让那口花费了不少精力和财力的水井失去用途，也废了前途。如此景象，无疑让会吃水者叹息，让掘井人苦楚。

作为历史的见证，某些古井的存在竟还演绎了正义和耻辱的一幕，写下了人世间善美和荒嬉的一章，这恐怕又与掘井人的初衷相去甚远。南京大行宫附近有一处叫"杨公井"的地方，幽幽地讲述着一个故事，传颂着一段佳话。相传在清代光绪年间，有一年南京大旱，赤野千里，水贵如油，百姓苦不堪言。一位名叫杨镜岩的军官急公好义，忧心如焚，率部就地掘井。杨公身先士卒，挥锹挖土夜以继日，数日后掘成一井，井水甘甜清冽，百姓欣喜异常，而杨公则呕血累倒了。当地百姓为纪念杨镜岩，以示"吃水不忘掘井人"，便在井边立了石碑，记载其人其事。后人便将此井称为"杨公井"。

也许是巧合，在距杨公井不远的地方，竟还有一处作为景点的景阳井。此井名头不小，名声在外，据说南朝风流天子陈后主一味纵情声色、沉湎犬马，骄奢淫逸之下，全然置百姓生死于不顾。后来隋兵大举攻入南京，陈后主被困宫禁，走投无路，带宠妃躲入干枯的景阳井中，终被隋兵生擒活捉。因此后人便把这口井称之为"辱井"。唐代诗人刘禹锡游行至此，曾无限感慨地写道："台城六代竞豪华，结绮临春事最奢，万户千门成野草，只缘一曲后庭花。"字里行间，遣句行文，正是对封建帝皇腐败生活的犀利讥讽。

杨公井为百姓送"及时雨""甘露泉"，杨镜岩的名字被后人称颂，将为不朽；景阳井成了国破家亡的苟且之地。想来历史最是有情，百姓最是领情，为人民做过好事的人，无论春秋代序，岁月更替，历史将钢铸石刻般铭刻他的名字。而历史又最无情，百姓心最分明，谁置大众的利益如蔽履旧衫，"隔江犹唱后庭花""苟且家国事不顾"，就必然被历史所唾弃。

镜子里的你我

爱美之心，人皆有之。而人对于自己的外表轮廓，多半是依赖镜子获得的。无疑，镜子这东西家家户户都有，我们可说是每天都要面对它，欣赏自己的容貌，察看自己的喜怒哀乐。倘若生活中缺了镜子，肯定会有诸多遗憾的。

古时的镜子，是用铜细细磨砺而成的。我在博物馆见过这类铜镜，光洁度一般般，不是很明亮。我曾想，这种低级阶段制作的镜子，当年是否因其局限，糊弄过一些时髦的男女呢？

"以铜为镜，可正衣冠。"这是唐太宗李世民说的。一句话点明了镜子的实际用途以及所延伸的作用。显然，镜子是不要说明书便可使用的东西。李世民所要延伸的，就是一个"鉴"了。古人是把镜子谓之"鉴"的。从《辞海》上看，这个字的第一个注释就是铜镜为鉴；第二是照、审察；第三则为儆戒或教训。毫无疑问，人们借助镜子，其目的是看清自己的真面目。正所谓"人欲自照，必须明镜"。

人毕竟是多层次的，人上一百，形形色色。明明自己脸上有污垢，不想照见，不想儆戒而清洁的人可非少数。有的人还会自求安慰，自欺欺人，喜欢一面昏镜，从而装模作样一番，以求护短遮丑呢！好多人并不情愿将自己置身于逗趣的哈哈镜面前，而失去了真实的我。这样成了那或长或短、或胖或瘦的丑八怪模样，除了吓一跳，笑一笑，还有什么呢？倘若换了另一种功能的镜子呢？唐代诗人刘禹锡的《昏镜词》中就告诉我们，原来市场上出卖的镜子，竟是"其一皎如，其九雾如"。为何这样呢？制镜匠道出了原委，这是为那些不漂亮又怕照见自己的人准备的。这倒罢了，问题是"一日四五照，自言美倾城"。这就自欺欺人，自我感觉太过良好了。

要说一个人有丑处，舍明镜而求昏镜，处处遮遮掩掩，那是没有必要的。清人俞长城所著《全镜文》，其中记叙了一个"无心公照镜"的故事，此公因为蓬头垢面，不修边幅，忌讳照镜子观尊容。后来他悟出了一个道理，用明镜可以照出自己的丑陋，就在镜子的帮助下，着意整洁起来，终于眉清目秀，叫人刮目相看。这位无心公的转变过程，从讳丑变为勇敢地站到明镜面前，这是十分可取的。

世界上的事情是复杂的，不少事物是瞬息万变的，许多东西并不以人的意志为转移。而自欺欺人，终究也改变不了人们眼睛里和实际存在的问题。因此，我们必须正视现实，坚持实事求是的工作作风。

刘羽冲纸上谈兵

刘羽冲是清代纪晓岚笔下的人物。纪晓岚著有《阅微草堂笔记》，刘羽冲就是其卷一《滦阳消夏录》中的主角。民间有很多关于他与乾隆皇帝斗巧比智的幽默故事，虽然是传说，但从另一个角度讲，这也显示了纪晓岚确实才智过人。

现实中的纪晓岚确实是有许多令人赞叹之处的。其担任《四库全书》"总编辑"一职十余年间，还出入市井，不摈简陋，写成一卷可与蒲松龄的《聊斋》媲美的《阅微草堂笔记》。我闲读之中，看到其中《滦阳消夏录》之刘羽冲的故事，更觉得纪晓岚是有备而来者，其文字还真有点跨越时空的味道。这说的是沧州有个叫刘羽冲的官人。有一次得到一部兵书，如获至宝苦读起来。可巧他们当地闹土匪，他就集合部队前往征剿，一切都按兵书上所说的行动。结果因为地形不熟、粮草不备、指挥无序，全军覆没，刘羽冲也差点当了俘虏。以后，刘先生又得了一部古代水利治理的书籍，又关门研读。这一次，他又蛮有信心地宣布："可使千里成沃壤"，瞎弄一番后，结果是修的沟渠把大水引进了村子，差点"人或为鱼鳖"了。

有了书本知识，掌握了基本道理，还需要结合具体实际来应用，所谓实践是检验真理的唯一标准。而一味照搬照套，只会出洋相，闹笑话，留后患。

从刘羽冲身上，我又联想起了《太平御览》中有一则《郑人乘凉》的故事来。故事说的是郑国有个人在树下乘凉，他白天按照阳光的移动而移动席子，避开了日头的暴晒，达到了乘凉的目的。而天黑以后，他还是用他的老办法，忘记夜间该避开的是露水，结果浑身打湿生了病。

古人谓"运用之妙，存乎一心"。那种照搬照套别人的东西，东施效颦的做法，往往会得不偿失，付出高昂的学费。如果像刘羽冲那样治军治水利，像郑人那般夜间也移动席子，难免要出洋相，倒大霉。鲁迅先生明鉴于此，写过一篇《拿来主义》的杂文，内中对结合实际、符合自己的"拿来"，讲得颇为透彻清晰，我们不妨去好好读一读吧。

请别丢了"们"

巴斯德在细菌研究方面的贡献世人皆知。当年法国政府为了表彰巴斯德，决定向他授勋时，巴斯德却强调说："我希望你们在赞赏我的发明的同时，请不要忘了我的助手们的辛劳和智慧，不然这不会使我快活。"自然，政府采纳了他的意见，巴斯德和他的助手们一起获得了荣誉。这种重视"我们"的做法，有着令人动容的人格魅力和宽广胸怀。

豁达大度的人谈及创业政绩，总结奋斗经历，总会真挚诚恳地讲上一句：我和我的伙伴们一起努力；这是我们大家同心同德、群策群力的结果……这种善于加一个"们"的说法，让人看到了一个人的胸襟。

有的人时常想到别人，有的人则注视自己。"我"这个单数后面要不要、该不该加个"们"而变成复数，当然取决于客观事实。该加就要大大方方地加上去，不该加则要从客观实际出发，不可文过饰非。问题在于，虚荣的人、好大喜功的人往往只盯住自己的名字，只放大自己的功劳，功成名就时常常会得意忘形，有意无意地忘了别人的姓名。明明"我"字后面应该加"们"的却没有加，似乎得了"健忘症"。明眼人一看即知，意图无非是贪众功为己功，要将功劳全归于自己。而一旦出现问题，明明"我"字后面不该加"们"的，恐怕是要硬塞进去，以期好将责任分摊了。

人心是杆秤，称得十分准，无须耍滑头，功过自分明。一个地方的发展、各项事业的创新，当然凝结着个人的智慧和心血，但"一人唱歌歌声小，众人高歌歌如潮"。行为处事应切忌举着放大镜把个人的作用看得过大。没有集体的力量，没有群众的智慧，再高明的人也难以有作为。涓滴之水，汇入大海才不会干涸。一个人只有融入集体和群众之中才有力量，只有不汲汲于荣名，不戚戚于私心，才会把功绩当作"公绩"。

知道"们"字少不得，有助于摆正个人与集体的位置，营造与同仁良好的人际氛围。记得有了成绩要多记一点在他人的账上，记得为"绿叶"们记上一功，记得事情是"我们大家干的"这一起码道理，这是谦虚谨慎不骄不躁的表现，有助于保持清醒的头脑。人一骄傲就轻飘，人一自大就浮躁，就很难成就大业。"尊者有谦而愈光明盛大"，能看到别人的成绩所产生的动力和活力是巨大的。况且，所做的成绩，大家自会看到，公众自然清楚。

知道"们"字少不得，是深深知道"独木难成林，独板难成舟"，深切地体会到团结的力量、集体的能量，也足显个人的肚量、处世的气量。唯有充分发挥"我们"的作用，才能把大家的智慧凝聚起来，形成合力。如果不是"我们"而是"我"说了算，还势必助长独断专行的官僚作风；而到了论功行赏、英雄排座次之时，又把别人踢出门外，那势必让人伤心、寒心，并影响大家的进取心。

　　伟大的事业需要崇高的精神，共同的作为呼唤谦逊的品行。世上有所谓权力的力量，还有人格的力量和形象的力量。从某种意义上说，人格的力量、形象的力量远远胜过权力的力量。因为人格的魅力是无穷的，形象的感召力是永恒的。学会加个"们"字，显然是对别人工作的认可，是对他人劳动的尊重，是对自己所洒的汗水的客观论证，是对大家同心协力创业绩的承认，是对所取得成绩的中肯归纳，是对别人积极性的调动，也深含着"看人长处，容易相处""眼里有人，心中无私"这一层道理。

说话的艺术

良言一句三冬暖,恶语出口六月寒。语言这东西,的确是很神奇的。你出门在外,开口一声"喂",遭人白眼是难免的。而出口成"脏",更会招致群起而攻之。当年杨门女将杨七娘探寻破天门阵古道,由于言语有失,得罪了山野老人,要不是穆桂英以礼相待,好言相劝,还真是要坏了破天门阵大计呢。

难怪古人早就总结出这么一句"醒世恒言":一句话可以说得人笑,也可以说得人跳。

在今天,我们穿行于社会之中,应该要讲究语言美,还要注意说话的分寸和场合,不可伤害别人的自尊心和感情。也就是说,说话要讲点艺术。记得有这么一个故事,说唐代的一名武官李相,有一次在读《春秋》时,念错了一个字,这时在旁边伺候的小吏皱了一下眉头。李相发觉了,便问其为何如此?小吏巧妙地答道:"我的老师教我读此书时错了一个字。今天听你这一读,我才明白怎么读了。"李相毕竟是个聪明人,一听之下恍然大悟,忙说:"不对,我没有受过老师指点。如果错了,那一定是我。"这时小吏见李相如此不耻下问,方才放开胆子教李相这个字怎么读。从这个故事中我们可以明白，如果小吏冒失进言，或匆忙纠错，哪怕是一声不经意的哂笑，都有可能会惹上大麻烦的。也亏得小吏聪明，巧妙地绕了圈子。当然，这与李相本人的豁达大度是分不开的。

《礼记》曰："言语之美，穆穆皇皇。穆穆者，敬之和。皇皇者，正而美。"其要表明的正是说话不仅要讲究语言美，还要讲艺术，有分寸。试想，你出于一片好心，但因语言有失，却被好心当作驴肝肺，这多么扫兴。而要讲究说话的艺术，靠江湖上的油嘴滑舌不行，咬文嚼字也不见得好，更不能把说话的所谓艺术用在讽刺和隐射自己的朋友同胞上，学得了"诸葛亮骂死王朗"那个手段而窃以为喜，那肯定也是过分的。我们只有加强修养、素养和涵养，凭借知识的力量，才能不断提高自己说话的艺术水平。

末了，需要补充一句的是，讲究说话艺术，并不是要人说话圆滑世故，文过饰非，更不是"说话蛮好听，棺材毛竹钉"之诈！

小人物的"能量"

一部《红楼梦》，从小处说，是一部封建家族的兴衰荣辱史，往大点儿说，却是人与人之间的相处教学读本。你只要细细地读，慢慢地品，渐入佳境之际，便会觉得受教的地方实是蛮多的。即便是书里的一些个小人物，你留意一下其言谈举止，认真地嚼一嚼，也能嚼出独特的味道来。

书中第九十九回有这样的内容，贾政出任江西粮道，得知当地官吏折收粮米，营私舞弊，引起乡怨民愤，故到任后即出禁令，谕示一经查出，必定严加惩处。此时有一个管门的叫李十儿的，即向贾政晓之以"理"："趁着老爷的精神年纪，里头的照应，老太太的硬朗，为顾着自己就是了。不然到不了一年，老爷家里的钱也补贴完了，还落了自上至下的人抱怨。"贾政在这番娓娓动听的劝说下动了心。其结果，李十儿扎扎实实地捞了一把，而贾政着着实实吃了一记——因勒索乡民罪遭贬。

且不论贾政的为官之道，也不说他出示禁令是真仁义还是假正经，但他迫于李十儿所说的压力和软化，见其信誓旦旦，便认为是真心实意的，是为自己着想。而最后，纵使"尴尬人遇尴尬事"，这确实是一点不假的。

放眼现实，李十儿这种人仍在游荡，甚至活得还挺滋润的。他们还在拉大旗作虎皮，还在打着牌子，端着架子，干着肮脏事。于是乎，在一些领导周围，他们精心打起围墙，潜心挖出了深沟。久而久之，文火炖猪蹄，蚁穴毁堤坝，一些当初壮怀激烈的为政者，事业和名声就莫名其妙地栽在了"李十儿"们的手上。想当初，赵王欲再次启用廉颇，派使者去询视。但使者接受了权贵的贿赂，回报赵王说："（廉颇）与臣坐，顷之，三遗矢矣。"一句话使英雄失去了用武之地。有些官员身边，同样不乏这样的人，他们会将汇报变"伪报"，明明是一朵亭亭玉立的花，偏说成一个令人生厌的疤。

当然如今的"李十儿"也进化了。心虽歪，却有才，有的还可称为能人。只是我们这个时代，需要的是德才兼备、品学兼优的人才。那种"李十儿"式的歪才，因其包藏祸心，容易谬种流传，宁可弃之不用为好。《三国志·蜀志·周群传》中有这么句话："芳兰生门，不得不锄。"意思是说芳草虽好，但如果生长在门口，妨碍进出，也只能忍痛割爱而锄之。一个人，即使有天大之才、地大之能，但如果所干的事是损害国家事业的，不利于民众的，那么对于这种角色应该果断采取"锄之"的手段。不然，受伤害的必然是老百姓。

古人留下一句警世恒言：近君子，远小人。但我觉得后三字太敦厚，太客气，太温良恭俭让。对那种一贯以损人利己、败坏事业为己任的"李十儿"们，不必宽容，当用这一句话：敬君子，治小人！

温州的雪

冰晶般的雪沙是序曲，飞到脸上，发梢上，晶莹剔透，又嗖地不见了踪影。伴随着雪沙拍打窗户发出清脆的声响，寒冷的冬日顿时变得热闹起来。

农历年末，温州城突然下了一场大雪，几乎让所有人兴奋不已。那飘飘洒洒的雪，给萧索的冬天增添了风景和许多乐趣。下雪，这在温州人看来，确是一件稀罕的事，所以人们迎接雪的到来也就格外隆重。大人以微信的方式互相传递这雪所带来的兴奋，孩童们则欢快地一边叫嚷着"下雪啦！下雪啦！"一边就要夺门而出，要与白雪来个零距离的拥抱。

我知道北方的雪可绝不会这样的。她不像南方雪让人如此企盼和等待，把你的心情挑逗得起落跌宕，更不会像南方的雪这般柔美浪漫地出场。不过，她也让我非常难忘。几年前冬天到北方出差，住了店本想四处走走逛逛，哪知没走几步，狂风一阵紧似一阵，飞沙走石，漫天飞舞，发出魔鬼般的呜呜咆哮。路人埋头走路，行色匆匆，我也赶紧打道回府。我觉得那北方的雪，必是汉子的化身，有着侠客的性格。那一夜，我没有见识他怎样在狂风中仗剑决云霓，击退狂风的肆虐，然而白雪皑皑的纯净世界，给了我无限猜想,宋朝诗人张元"战退玉龙三百万,败鳞残甲满天飞"的想象于我心有戚戚焉。

记忆里,温州好多年没下过雪了。早年即使是下雪,也是跟着雨一起下的,淅淅沥沥,分外湿冷。这回的雪虽说少了雨的陪伴,最初却也是断断续续,始终不见大朵雪花的踪影,有一种"千呼万唤始出来,犹抱琵琶半遮面"的感觉。人们开始焦虑起来,就像等待子女回家吃团圆饭的老人的心情,踱着步子念叨着,时不时往窗外瞧一瞧,期盼老天下得痛快些,别磨磨蹭蹭的。终于,当夜幕即将降临之际,一朵朵、一片片鹅绒般的雪花飘然而下,她们是极佳的舞者,轻柔地盘旋着,轻盈地飞舞着,时而如妙曼少女欢快的跳跃,活泼生动,带着天真调皮;时而如情侣般如胶似漆交织盘旋,亦步亦趋尽显温柔和美,让人流连忘返在雪的圆舞曲中。

在温州,雪即使下了一整夜,也未必积得很厚,若不能早早醒来,可能是来不及欣赏银装素裹之美景的。一旦遇上晴朗天气,那太阳一出来,黑瓦上、绿树上、红梅上的那些晶莹冰雪渐渐消融,化成潺潺溪流。雪消门外千山绿,花发江边二月晴,生机盎然的春天就这样翩翩而至。

温州今年的雪可非同一般,她似乎也有了北方的风格。一觉醒来,风声没有了,我拉开窗帘一望,呀!竟然是白茫茫的冰雪世界,满眼都是晶莹的雪,树和房屋都只有轮廓,像来到了童话世界里。你本无期待,却悄然而至,这种不期而至的惊喜,比下雪本身更让人开心。我在微信里看到年轻人的一句话,祝愿温州的冬天,每年的这个时节都会这样,清晨拉开窗帘就有一种喜出望外的心情。是啊,我也同意,因为那一刻,心一下飞扬了出去。

年　味

又到一年正月时,今年这个年,可能很多人都会说:没意思,年味太淡了。让他们说得具体点,那就是放鞭炮的少了、送礼的少了,甚至单位的年货也没得发了。什么是年味,年味不仅是放鞭炮、不仅是年货和贺礼,而是一种味道和一种感觉,即人情味、幸福感。

传统的中国年,是中华民族驱邪降福重要的时间节点,随着年文化的深化,过年成为实现愿望的过程,正如冯骥才先生所说:年是一种努力生活化的理想,是一种努力理想化的生活。我们可以这么说:很多人觉得年味淡了,是因为失去了这种努力的方向和目标。随着生活条件的不断改善,当家里堆满了放不下的礼品、吃不完的水果时,我们已不再为一件新衣服、一桌好菜而憧憬了,春节期间的生活就不再有特殊性、优越性了。同样,在精神享受方面,随着信息网络的充分发展,人与人之间的沟通方式也变化了,一年见一次面的亲戚朋友之间没有了共同语言和游戏活动,就连往年除夕必看的"春晚",也成了吐槽对象,而不再是精神享受了。于是,就有人觉得人情味少了,幸福感少了,年味就淡了。

　　岁岁不同岁岁同，年年过年年年过。这年怎么过，过得怎么样，还是要自己去理解、去体味。如果春节互赠的年货都是自己一年辛苦劳动的成果，而不是隐着"灰色"的色彩，幸福感会不会不一样呢？如果保持与亲朋好友的日常联系、关心爱护，而不是每年一次的礼貌性会见，人情味会不会不一样呢？中国人讲究"春种、夏长、秋收、冬藏"，这就是一个不断追求理想的过程，而春节就是寄托这种情感的载体，在享受一年劳动成果的同时，又在四季之始，生活的热望熊熊燃起，面对未知生活，人人都怀着愿望：企盼福气与驱走灾祸，直到又一个春节的幸福循环。

　　当今中国，说过年，就免不了要提到春运。背井离乡的游子，再难再累，即便是千山万水、种种阻隔；即便是千难万险、种种不便，都会想方设法回到家的怀抱，就本身也是一个追求理想的过程，一种享受对父母与长者的敬爱之情、手足牵连之情、邻里互助之情、朋友相援之情，以及对故土家乡依恋之情的渴望。

　　不可否认，随着时代的发展，过年期间的民间崇拜、民间信仰、固定年俗正在逐步退化，年轻人逐渐对传统的祭拜仪式、贴春联和年画没有了概念。但一些新的年文化正在不断创新，从走街串巷拜年到电话拜年、短信拜年，再到现在的微信拜年、语音拜年；网上过年、自驾游过年、出国过年的市场不断壮大，过年的思路在不断转变，方式在不断更新。其实，我们无须感叹某一种文化、某一种方式的失落，只要在春节期间保留着我们的人情味、创造着我们的幸福感，每个人的每个年都会过得非常精彩。

第四辑 谈古论今

也说美人

"红颜祸水"是一句名言。在男权一统世界的古代,其掠美和爱美更是匪夷所思,甚至还由此与大规模的战争挂上了钩。海伦的美貌,曾经让那个时代的历史为之心惊肉跳。人类初期最为烂漫、持久、残酷的战争是希腊人与特洛亚人为美女海伦归离而爆发了长达10年的争夺战。

人类历史上,既有对美的掠夺,也有对美的认同。一段花的趣事又向人们昭示了人们对美的"心往一处想"。清雅妩媚共一身的月季,原是野玫瑰改种的,斯里兰卡把它称为"亲戚的生命"。亲戚在何处?就是中国。拿破仑的妻子约瑟芬爱月季成癖,做梦都想拥有一株中国月季。据说中国的月季登陆之际,正是英法交战期间。为了将中国的月季从英国送到法国,双方竟然协定停战,有趣的是英国海军还专门虔诚列队护送月季,交给了法国皇后约瑟芬。战争的硝烟和花事的烂漫,在这里形成了多么强烈的对比,也算是对美的钦服而留下的一段脍炙人口的佳话吧!

美物和美人,有时候正因为其美,给人带来了不幸和灾难。一个人的美丽,也未必会给自身带来幸福。曹操身后,他的妃子们命运多悽惨；深宫幽长，鸟雀可罗，岁月更替，以前"鹦鹉面前不敢言"的几个老宫女，早生华发，寂寞难耐，在漫无心境谈论玄宗的往事。倒是有些丑女，凭着自己的资质和慧心，最后享受到了无上的幸福。最早的丑女是嫫母，据说是中国黄帝的四个妻子之一。晋代的左芬，也因好学能文，善辞藻，被晋武帝招为贵妃。世上的美女往往不学的多，美人往往自恃有脸蛋作资本，躯体为靠山，心思又乱，想法也多，不及一般的女子有静气。

历史上拿着女人作牺牲品就成了"美人计"。"大夫七计总成空，祸水终能成大功"——西施诏吴是一例。《三国演义》中"王司徒巧使连环计"，用吕布之手将董卓干掉，当是貂蝉姑娘的功劳。公元五世纪，匈奴名将阿提拉称霸欧洲，兵锋所至，莫不披靡。可是这位马背上的英雄却栽倒在妙龄美女的手中。据美国学者麦高文《中亚古国史》说，公元453年，阿提拉在多次大胜之后，娶了一位负使命而来的日尔曼美女，终于被这位"洋西施"打败，匈奴大帝国也随之土崩瓦解了。中国古兵法有所谓"三十六计"，"美人计"为其中厉害的一种策略。

第四辑　谈古论今

有容乃大

古书《小窗幽记》中云："宇宙内事，要力担当，又要善摆脱。不担当，则无经世之事业。不摆脱，则无出世之襟期。"我一直认为这是极富内涵之语。用白话来表述，就是说对于世界上的事情，既要承担责任，勇于进取，又要摆脱纠缠，学会超脱。不能够担当世事的人，必然是个一事无成的庸者；而不能摆脱各种困扰的人，也注定是个行之不远的泛泛之辈。

话说汉朝有一个叫丙吉的人，官拜宰相，是后来的汉宣帝的救命恩人。他为人宽厚，对属下也总是掩过扬善。有一次，替丙吉驾车的从人，因贪杯喝醉了酒，在驾车途中呕吐起来，弄得满车污秽，属官见状，要炒他鱿鱼。丙吉说，也不过是车给弄脏了吧，就容忍他一次好了。那驾车人非常感激。后来驾车人因事外出，见驿骑飞马告急，查询了一下才知是边关出事。他急忙赶到相府报告，还出点子说：我熟悉边疆情况，恐怕在出事的边郡，那里的地方官不熟悉军情，无法统兵抵御。相爷还应早想对策，选派能征善战的人到边郡指挥军队。丙吉见他说的在理，就派了合适的人选前去，平定了外敌入侵。事后，丙吉感叹说：人各有所长,用人之道,贵在能容忍别人的小过错,取其长处。如果没有那个驾车人的忠告,我可能就不会想得那么周全。

我们所说的能担当,还要着眼既要不知足,又要知足。所谓不知足,就是在人生的征途上要有一颗上进心,要有一种向上不断攀登的精神。所谓知足,就是要有一个平和的心态,在生活中注意求得心理的平衡,不要总是这山望着那山高,总是觉得事事不如意。而表现在人与人的关系上,还是一种"恕道"。中国传统文化所讲的"恕道",包含"己欲立立人,己欲达达人""己所不欲,勿施于人"等内容。推行"恕道"也是一个人知足的表现,也可以让一个人获得"常乐"。这一方面,古人给我们留下了宝贵的财富,按照中国传统"恕道"的要求,就是要做到事事谦和,相让得安。

在安徽桐城,有一条"六尺巷",是当年京官张英"让他三尺又何妨"的大度谦让,留下的精神遗产。而郑板桥也有弟弟修书为与邻居争一墙之地向他求援。郑板桥不仅给家人写下"吃亏是福"四个字,还给弟弟写了这样一首打油诗:"千里状告为一墙,让他一墙又何妨。万里长城今犹在,何处去找秦始皇。"张英、板桥不以势压人,采用谦和相让的态度排除困扰,化解矛盾,这是可贵可取的。丰子恺先生有言:心小了,所有的小事就大了;心大了,所有的大事都小了。家庭之中,邻里之间,为了一些得失,为了一点利益,争得不可开交,闹得鸡犬不宁,这又何必,这又何苦!每每这个时候,如果我们能够想开看破,采取谦和忍让的态度来化解矛盾,来破解纠纷,来摆脱纷扰,那就会化干戈为玉帛,还社会以祥和。这,也是一种担当,是拿得起、放得下的一种境界。

第四辑 谈古论今

长处和相处

这世上，无论夫妻或同事，或身处某个团队，放大别人的优点和长处，珍惜相互间的有机配合，多半会有意想不到的效果。

历史上的魏、蜀、吴都拥有一个强有力的领导班子，故能形成三足鼎立之势。倘若刘备手下全是羽扇纶巾的军师，而没有冲锋陷阵的将帅，或者只有力拔山兮气盖世的勇士，而缺少出谋划策的谋士，那么这种文武之道的不平衡，怕也难以克敌制胜，自成一国的。刘邦登基时还这样实事求是地讲过：夫运筹帷幄之中，决胜千里之外，吾不如子房；镇国家，抚百姓，给饷馈，不绝粮道，吾不如萧何，连百万之众，战必胜，攻必克，吾不如韩信。唐朝皇帝李世民也说过，我文不如魏征，武不如瓦岗寨的弟兄们。应该说这两位皇帝还算谦虚，话也说得有些良心。其实我们从另一方面也可发现，如果没有这些文能安邦、武能定国的栋梁之才的奇巧融合和最佳组合，这天下世界恐怕是打不下来的。刘邦的用人之道，就是能够看到别人之长，觉得他人之好。这种"甘拜下风"，丝毫没有影响帝王之尊，反而让人掂出胸襟之阔。

如同伯乐发现盐车下的千里马而重用之，这要有魄力，有眼力。而善于把各路各种人才有效地搭配或组合起来，不仅仅靠的是胆略，更显示出学问和本领。春秋战国时的孟尝君，他手下有门客三千，不管是雄才大略，还是雕虫小技之人，他都用其长，连怀有鸡鸣狗盗之技的人也有用武之地。

人是群居动物，离不开相互交往。而对于人际间的相处和组合，或者说人才搭配和融合，大多数的人都会希望与完美的人结合，达到珠联璧合的效果。

其实，人世间太完美的结合，那种所谓的天作之合、珠联璧合，毕竟是少之又少的。况且，倘若得不到互辅和互补取长补短的作用，反而会有针尖对麦芒的后果。而不少理想化的东西，在现实生活中常常是可遇而不可求的，想象中的天鹅肉也肯定不如碗里的猪肉实惠。虽然每个人的处事态度、行为气度、做人准则、个性特长都不同，但人在旅途，总要学会接纳别人，容纳他人。看人长处，才好相处。为人处事，只要看重别人对事业的忠心，对工作的热心，对朋友的诚心，对他人的关心。即使别人在其他方面，有一些缺点，我们也要多点宽厚之心，多些朴诚之意。

后　记

后　记

　　什么时候拿起笔的？看着这一百多篇文章，我又一次忍不住问自己。有此疑问，与我近年来的创作目标与形式有关。十余年来，我的业余时间都用到了廉政漫画作品的创作上。我创作了八百余幅廉政漫画，配上了相应的诗词解读，并将书法、篆刻等传统艺术融入其中，形成了自己的漫画风格。作品先后汇编成《廉镜漫笔》《画说全面从严治党》等书籍，由人民出版社和党建读物出版社出版，同时在中央相关部委和北京、上海、深圳、西安、济南、乌鲁木齐、洛阳、宁波、台州等全国多地进行巡展，在浙江宁波建成"三不居"线下廉政教育基地。在被占据得满满当当的时间里，琢磨点心得，写点感悟，应该说确实有一种在人生征途上自我挑战的感觉。

　　但我已习惯于将日常所见所行，从自己的角度进行梳理。正所谓"俯拾皆文章，妙手偶得之"。我已出版《清风云语》《青锋笔谈》《清风劲雨》等个人文集。每出一本书，我就向前迈了一步，每走一步，就有一步的收获与惊喜。从书本上省悟，在学习中积累，在生活里提炼，在创作中升华，逐步形成自己的风格，这正是我所努力的目标。

此次结集的作品，或以新鲜的史料开篇，或以名人的佳话展开，或以钩沉的典故佐证，或以扎实的论点贯穿，在思想性、知识性和可读性上有更多的心得，期待能给读者以心智的启迪、文化的熏陶。

由于能力、精力所限，本书难免存在一些瑕疵，敬请广大读者批评指正。

赵青云

2023 年 12 月 1 日